Opal
オパール文庫

絶倫すぎます、鬼部長！

吉桜美貴

JN105979

プランタン出版

※本作品の内容はすべてフィクションです。

プロローグ

据わった目つきでこちらを睨みつけ、山之前成親（やまのまえなりちか）は言い放った。

「今日は絶対に帰さないからな。この部屋からは一歩も出られないと思ってくれ」

口説き文句に聞こえなくもないこのセリフは、残念ながら紛れもない脅しである。

持田織江（もちだおりえ）はいたたまれない気持ちになり、モゾモゾとオフィスチェアに座り直した。

ここはナラハマシステムズ株式会社（略してナラシス）のオフィスにある、Ｇミーティングルーム。

ＧとはＧｒｅｅｎのＧで、文字通り室内は緑を基調としたインテリアで統一され、隅には観葉植物であるゴールドクレストの『ゴル君』が鎮座していた。

ちなみに、ゴル君の名付け親は織江であり、水遣りなどのお世話も担当している。

季節は六月の上旬だというのに、織江はまるで真冬みたいな寒気を感じていた。正面に座っている成親が凍てつく波動を放っているせいかもしれない。

「ここ、なんかすごく寒くないですか？　さっきから寒気がとまらないんですけど……」

織江は自らを冷気から守るように抱きしめ、肩から腕をさすりながら言った。

「いーや、ちっとも寒くない。むしろ僕は今、軽く汗を掻いているぐらいだ」

成親に否定され、織江は少しムキになって言い返す。

「いえ、これ絶対エアコン壊れてますよ。ちょっと私、今から総務に行ってきま……」

「話を逸らすな！」

成親は強い口調で語尾を遮ると、急に立ち上がり、部屋を出ていった。

と思ったらすぐ戻ってきて、テーブルにドンッ、と灰色の四角い機器を置く。

「ほら、気温を見てみろ。今、二十四度だ、適温だ。寒くない。寒いわけがない！」

わざわざ温度計持ってくるなんて、嫌味っぽくないですか……？

と思ったけど、口にするのはさすがにやめておいた。なにをされるかわからない。

成親の全身から放たれる、「今日こそはおまえを絶対に逃がさん！」という強烈なオーラに気圧され、一刻も早くこの場を終わらせようと、織江は口を開いた。

「あの、部長？　その、案件も立て込んでますし、納期も迫ってますし、部長もお忙しそうですし、私ごとき契約社員に部長の貴重なお時間を割いていただくのは申し訳なく……」

「申し訳なくなんかない」

「いや、けど、こんな些末なことよりもっと大事なことが……」

「とんでもない。些末なことなんかじゃない！」

成親は身を乗り出し、声を張った。

「いいか。君の件は超超超重要だからな。定例会よりもレビューよりもコンペよりも、すべてのあらゆる会議よりも、君のことだけを優先させ、僕は今、ここに座っている」

ありがとうございます、と言うべきかな。まったくありがたいとは思えないけど……。

成親は威圧するように両腕を組み、きっぱりと言い放った。

「君の件が片付くまで、僕はここを一歩も動くつもりはない！」

さっき温度計取りに行ってましたよね？

なんてツッコミをしたら絞め殺されるかもしれない。冗談が通じる相手ではない。

どうやら、織江の件をこの場で徹底的に片付けるつもりらしかった。

あーあ、山之前部長。これでニコニコさえしてくれたら、ため息が出るようなイケメンなのに、もったいないなぁ……。

そんなことを考えながら、織江は著しい残念感に襲われる。

成親は、他に類を見ないほど整った顔立ちをしていた。痩せてシャープな輪郭に、七三オールバックの黒髪が似合っている。スクエア型の縁なしメガネは、クールで知的な印象を与え、その奥にある黒い瞳は、少し暗い陰があって心惹かれた。

いつもパリッとしたワイシャツにネクタイを締め、すらりと長い手足にダークスーツを纏(まと)う姿は、どこか憂いのある表情も相まって、大人の男性の色香を漂わせている。

初めて見たとき、美形すぎてびっくりしたし、素敵な男性だなぁ、と憧れもした。なのに、その実態は早朝から深夜まで仕事仕事。ランチもディナーも土日祝日も仕事で、趣味は仕事、恋人は仕事、好きな言葉は仕事、好きな音楽は仕事、信仰宗教も仕事らしい。忙しすぎるせいか、いつも不機嫌の塊で眉間に皺が寄りっぱなし。「全人類今すぐ皆殺しにしてやる」という凶悪な表情が平常運転ゆえ、イケメンもなにもかも台無しだった。

完全なるワーカホリックだよね、と織江は結論づける。熱心なのはいいんだけど、ちょっと苦手というか、ウマが合わないというか……。

「ここから出さないと言ったが、もちろんトイレ休憩は取ってくれて構わない。なにか飲みたいなら好きな飲み物を僕が買ってこよう。体調が悪くなったりしたら、言ってくれ」

織江はさっそく手を上げ、「でしたら、お手洗いに……」と申し出た。

成親はうなずく代わりにフンッと鼻息を出し、タブレット端末をいじりはじめる。

織江は逃げるように席を立ち、特に用事もないトイレにそそくさと駆け込んだ。

女子トイレに人気(ひとけ)はなく、ピカピカに磨かれた鏡には疲れきった織江が映っていた。おろしたての白い七分袖Tシャツも、なぜかくたびれて見える。

これは織江が大好きなブランドの夏の新製品だ。すっきりしたクルーネックの襟元に、幅広デザインの袖は腕が細く見える。胸元に入った控えめなロゴの黒と、タイトスカートの黒と、さらに白いスニーカーに刻まれたラインの黒を合わせていた。

この渾身のおしゃれモノトーンコーデは、成親に見せるためのものではもちろんない。せっかく気分を上げたいから買ったのに、ゾンビみたいな顔になってるな、私……。

改めて自らの顔をしげしげと眺め回した。美人じゃないけど、ブサイクでもない。ぱっちり二重まぶたと、色白の肌に産んでくれた親には感謝しているけど、丸まった鼻先と、ぽてっとした厚みのある唇のせいで、周りからは「童顔だね」とよく言われていた。

ヘアサロンでチョコレートブラウンにカラーリングしたセミロングヘアは、寝ぐせで毛先がクシャッと乱れている。

今朝、エレベーターで会った総務課のおじさんに「それってフェアリーヘアって言うんでしょ？　おしゃれだね」と言われたのを思い出し、笑いが込み上げた。

それを言うならエアリーね。……って、あれ？　やば。私、また少し太った？

以前より頬がふっくらした気がして、ギクリとする。実は昔、かなり太っていた経験があり、体型は常に気にしていた。現在は痩せて、決しておデブでもふくよかでもないものの、バストは大きめだし、お尻にもお肉がついており、スリムと呼ぶにはまだ遠い。

嫌だなぁ、ストレス太りかなぁ……？　ああ、部長のところに戻りたくない……。

このあとこってり絞られると思うと、鬱々としてくる。例の件については、今までのらりくらりとかわしてきたけど、いよいよ逃げられないところまで来てしまった。

けど、どうせいつかはやられるのだ。だったら早いほうがいい。抜歯するときと一緒だ。ギュッと目を閉じ、エイッと我慢すればやり過ごせるはず。たぶん。

織江は目に見えない厄を落とすよう入念に手を洗ったあと、女子トイレを後にした。

第一章　鬼メガネと社内面談

「とにかくだな……」

成親はつぶやき、自らを鼓舞（こぶ）するように右の拳をギュッと握りしめる。

「原因をつぶさに分析し、一つ一つ対処していこう。僕がいるから大丈夫だ。必ずなんとかなる。明けない夜がないように、この世界に解決できない問題など、ない！」

そうかなぁ？　無理なものは無理だと思うんだけどなぁ……。

なんてことを考えつつ、織江は「はぁ……」と苦笑いするしかない。

「君のほうでなにかないのか？　大きな原因として思い当たりそうなことは？」

織江は両腕を組み、「原因ですかぁ……」と考え込む。

「原因っていうか……。私が思うに、もうこれって一種の病気なのかなって……」

成親が片眉をぴくりと動かし、「病気だって？」と声を上げた。

「医者の診察は受けたのか？　どこの医者だ？　なんという病名だ？　診断書は？」

矢つぎばやに質問してくる成親に、両手を広げてみせて「いやいやいや」となだめる。

「医者に行ったとか、診断を受けたわけじゃないんです。そういう私の体質というか、人格というか、遺伝子に組み込まれたレベルの、変えられない病なんじゃないかなって」

成親は小馬鹿にしたように、フンッと鼻で笑った。

「そんな妄想が生み出した架空の病気を、企業組織が真に受けるわけないだろ。疾患だと主張したいなら、医師の診断書が必要だ。いいか、何事もエビデンスが必要なんだよ」

「はぁ……。まぁ、主張したいわけじゃないんですけど……」

成親は気を取り直すように、テーブルの上で両手を組み合わせ、語り出す。

「一つずつじっくり見ていこう。まずは今日。今朝はなぜ遅刻した？　寝坊したのか？」

「いえ、今日はめずらしく早く起きられたんですけど……」

そう言いながら、織江は今朝の出勤を振り返る。

織江は荒川区南千住で独り暮らしをしており、オフィスは江東区豊洲にある。地下鉄を乗り継いで豊洲駅まで来て、そこから十分ほど掛けて歩いていた。

「私、いつも築地で乗り換えるんです。電車降りたら、ちょうど目の前に青い顔してうずくまってる女の人がいて……。たぶん貧血だと思うんですけど、私もよくなるんで」

「それで？　その女の人と君の遅刻が、どう関係あるわけ？」

「関係もなにも……。その人、しゃがみ込んだとき、ハンドバッグの中身をぶちまけてしまったんです。それを拾って集めてたら、吐きそうだと言うので、ビニール袋をあげました。そのあとお水を買ってあげて、駅の事務室まで連れていって休ませてあげました」

「……で？」

「そのあと、電車は無理なのでタクシーで家に帰るとおっしゃったんで、まだ足元もフラフラしていたし、乗り場まで付き添ってタクシーに乗せてあげました」

「それで遅刻したと？」

「ええ、まぁ……」

突然成親がヒステリックに笑い出す。驚いて見ると、彼の目は全然笑っていなかった。

「ハハハッ、君がタクシー代を全額払い、その人の家まで付き添わなかったのが、不思議なぐらいだよ！」

嫌味なのかどうか図りかねていると、成親は呆れた顔で質問した。

「そのとき、会社のことは思いつかなかったの？　このままだと遅刻だとか、そろそろ始業時間だとか、頭の中をよぎらなかったわけ？」

「それはもちろんよぎりましたけど……。会社よりも人命尊重かと思いまして」

「話を聞く限り、命に関わるような事態だとは思えないが？　放っといてもなんとかなっただろ」

あまりに冷淡な物言いに、織江は眉をひそめざるを得ない。

「命に関わらない限り、見て見ぬ振りをしろと？　そんなことできません！　外から見ただけじゃ、わからないじゃないですか。なにか持病があるかもしれないし……。その女性だって、あとで話を聞いたら、妊婦さんだったんですよ！」

「そういうセリフは、普段定時にちゃんと出勤できる人が言って、初めて説得力があると思うが？」

小馬鹿にしてせせら笑う成親に対し、織江は内心ムッとする。

「人命救助に定時出勤スキルなんて関係ありません。見て見ぬ振りして、万が一のことがあったら、どうするつもりなんですか？」

成親は「わかった、わかった」とうるさそうに手を振り、こうまとめた。

「つまり、妊婦を助けたせいで遅刻したと。それについて、反省も後悔もしていないと。そういうことだな？」

織江は異論もないのでうなずく。今朝の行動については本気で正しいと思っていた。

「じゃ、昨日はなにがあったわけ？　昨日の朝も遅れて出勤してきたと記憶しているが」

「あー、昨日はですね、ちょっと特殊な事情がございまして……」

「君のところには、毎日のように特殊な事情が群れを成してやってくるんだな！」

「実は家から駅まで歩く途中で、毎朝犬を散歩させてるおばあちゃんとすれ違うんです。

昔から南千住に住んでるミサコさんというかたで、笑顔で挨拶を交わす仲なんですけど……」

「毎朝笑顔で挨拶を交わす？」

成親は大げさなほど目を剝いてオウム返しし、織江のほうがびっくりしてしまう。

「そうですけど？　なにか？」

「いや、僕も長らく独り暮らししているが、ご近所さんと話す機会なんぞなかったから」

それは部長が無愛想だからじゃないですか？　顔が怖いから誰も近づけないんですよ。

という余計なセリフは口にしないと心に決め、織江は遅刻の説明を続けた。

「ミサコさんのワンちゃん、カハクちゃんていう雑種なんですけど、やんちゃな子なんです。その朝、ミサコさんがリードを手放しちゃったみたいで、駅前で脱走したカハクちゃんにたまたま遭遇したんです。首輪からこう、ずるずるリードを引きずってて」

成親はイライラしたように「で？」と言い、指先でトントンとテーブルを叩く。

「ひと目見て、あ、これはマズイぞって思いました。犬の性格にもよるんですけど、迷子犬の捜索ってほんっと大変なんです。時間が経てば経つほど遠くへ行っちゃうし、警戒心も強くなって捕獲しづらくなり……」

成親は「ちょっといいか？」と遮り、さっぱりワケがわからないという顔をした。

「さっきから君はなんの話をしてるんだ？　犬がなんだって？　僕は遅刻の理由を質問し

たはずなんだが……」

「ですから、そのあと、急いでコンビニに飛び込みました。で、ドッグフードをゲットし、駅前まで取って返したんですけど、カハクちゃんはもうそこにいなくて。けど、少し付近を探したら、すぐに見つけました。高架下の自転車置き場のところにいて……」

「それで、ドッグフードで犬をおびき寄せ、確保した犬を飼い主に引き渡し、その一連の行為のせいで出勤が遅れた、と？　君はそう言いたいわけか？」

成親の左目の涙袋の辺りが、ヒクヒクッとするのを見つめながら、織江は「その通りです」とうなずいた。今のはもしかしたらストレス性の痙攣かもしれない。ネットの記事で読んだことがある。

「……で、君の頭の中で出勤の存在はどうなってるわけ？」

「私、ミサコさんにはお世話になってるんです。去年もミカンをたくさんいただいて……」

成親は、世界一汚らわしい単語でも口にするように、「ミカン？」と聞き返した。

「そうです。ミサコさんの妹さんが、愛媛でミカン農家をされてるらしいんです。万が一、カハクちゃんが迷子になってしまったら、ミサコさんはすごく悲しむだろうなと思って。遅刻はしても私が怒られるだけですし、ここはひと肌脱ぐしかないと覚悟して……」

「そこは出勤を優先すべきだろ。君はここの契約社員なんだぞっ！　それでも社会人かっ！」

とうとう成親が雷を落とし、織江は「すみません……」と縮こまった。

さすがにこの件は怒られても仕方ない。犬を飼ったことのない人には、迷子犬捜索の大変さを理解できないだろうから。他人にとってはただの犬でも、飼い主にとっては我が子と同じ大切な存在なのだ。織江も子供の頃、実家で飼っていた子犬と一緒に育ってきたから、喪ったときの悲しみは痛いほど知っている。

成親は忌々しそうに舌打ちし、ガミガミ言った。

「どうせ僕が怒っても、怒られることを前提に犬を確保したんだからまあいいや、ぐらいに思ってるんだろ？　すると、あれか？　君はこの世のすべての妊婦を助け、あらゆる迷子犬を確保し終えるまで、定時に出勤してくれないってことか？」

成親の嫌味を冷静にやり過ごし、織江は「いえ、そんなことはありません」と答えた。

「なら、一昨日はどうなんだ？　一昨々日の朝も、貧血の妊婦と迷子犬たちが列を作って、君の救済を待ち望んでいたわけか？」

「いえ。それはどっちも単なる寝坊です」

織江は完全に開き直って答えた。

「どうして寝坊するんだよ？　目覚ましとかセットしてないのか？」

成親は今にも歯ぎしりしそうだ。

「もちろんセットしてますよ。けど、朝が弱くてどうしても起きられないんですよね」

「いいか、この世に朝に強い人間なんていない。一人もな！　皆、朝は弱いしすごく眠いけど、頑張って起きて出勤してるんだよ。それが仕事だからだ。それが義務だからだ！」

掴みかからん勢いで言われ、織江は「そうですよね、すみません」としょんぼりした。

「……いや、君を攻撃してもしょうがない。とにかく原因を分析し、解決策を見出さなければ」

「私、アラームがダメなんです。一応起きはするんですけど、とめてもまた寝ちゃうんです」

「なら、簡単にとめられないアプリでも入れなさい。あるだろ？　パスコード入力したり、ミニゲームクリアしたりしないととめられない、目覚ましアプリが」

「そんなの、とっくに試しましたよ。けど、私、割と迅速に的確にとめて、二度寝しちゃうんですよね」

「なぜだ？　なぜとめて、また寝る？　ミニゲームしてる時点で、迅速に的確にとめてる時点で、確実に覚醒してるだろ？　さっさと起きて会社に来ればいいじゃないか」

たしかに成親の言う通りだ。自分はなぜ、また寝てしまうんだろう……？

そのことについて、人生でこれほど真剣に考えたことがなく、かなり時間を要したものの、一つの結論らしきものにたどり着いた。

「たぶんですけど。私、そもそもなぜ遅刻しちゃダメなのか、わかってないのかも」

「は？」

「すごく基本的な質問なんですけど、なぜ、遅刻しちゃダメなんでしょう？」

「へ？」

「私、根本的にその答えがわかってなくて、だから軽視しちゃうんです。心のどこかで遅刻しても残業すればいっか、みたいに思ってる部分があり……。遅刻することによって、社会にこんなに悪い影響がある、ってことを理解できれば、たぶん起きられると思うんですけど……」

「君は就業規則というものを知っているか？」

「……はぁ。お名前だけは存じております」

「会社と労働契約を結んでる以上、君は決められた業務開始時間に仕事を始めなければならない義務がある。それを怠れば義務違反になるワケだが、遅刻っていうのはな、正社員でさえ解雇の対象になるんだよ。職場の秩序を乱すからクビだ、ってことになりかねん」

「うーん、違反だからと言われても、ピンと来ないというか。なぜ、就業規則に遅刻がダメって定められてるんですか？」

成親はひどい頭痛でもするように額を押さえ、はぁーっ、と深いため息を吐く。

「そんなこと言ったら、なぜ遅刻しちゃダメかなんて、僕だって知らん！　いいか。このナラシスは楢浜重工業の子会社だ。楢浜重工ってのはな、旧石器時代の会社なんだよっ！」

「はあ、旧石器時代……ですか？」

「そうだよ！　どいつもこいつもいまだに槍持って土器作ってマンモス狩ってるんだ！」

成親は人が変わったように早口でまくしたて、織江は軽く混乱する。

「ちょっと、たとえが唐突すぎてわかりづらいんですが……」

「旧石器時代ってのはな、理不尽なんだよ！　ムラ社会なんだよっ！　朝は絶対定時前出社。上司には絶対服従。自社製品以外の購入絶対禁止。アホみたいに忠誠を誓わされ、社長の命令は絶対だ！　そこに理由だの個性だの情熱だの、いらないんだよ。そんなこと言ってたら、あっという間に僻地へ追放だぞ！　クソッ……！」

なんだろう……。部長の私怨なんだろうか……？

突如として始まった成親の親会社disは、織江の遅刻とはあまり関係ない気がした。

「本音を言えば僕だって君と同じ気持ちだ。ゆっくり出勤して作業効率が上がるならそれがいいし、その分残業して帳尻を合わせればいいと思ってる。なんなら出勤自体、必要ないと思ってる。だがな、ここは旧石器時代だ。竪穴式住居なんだよ！　わかるか？」

そのとき、成親のこめかみに青筋が浮き出るのを、織江はたしかに目撃した。

「ナラシスの多くの社員が、君が毎日のんびり優雅に出勤をしているのを見ている。社長も、常務も、取締役もだよ。当然、あいつはなんなんだ、という話になる。僕のところにどうなってるんだと話が来る。契約社員の怠慢は、僕の監督不行き届きということになる。君のせいで僕は責任を取らされるハメになるんだぞ！」

「そうなんですか。それはお気の毒です……」

織江は漫画やアニメで言うところの怒筋なるものをしげしげと眺めてしまう。こんなに立派なの、生まれて初めて見た。

山之前部長って……たしか三十二歳だっけ？　笑ってるところ、見たことないなぁ。

織江は七歳年下の二十五歳だけど、もっと年が離れているように感じる。

よくよく見ると、成親の目の下にうっすらクマまでできていた。顔色は蒼白な上に眉間の皺は深く刻まれ、なまじ顔が美形なだけに凄味がある。

まるで人間離れした美しさを誇る、血の通っていない吸血鬼のような……。

うわぁ……。人って、仕事ばっかりしてると、こんなんなっちゃうんだ……。

密かに内心ゾッとした。まかり間違っても、絶対こうはなりたくない。

「こんなことなら、とっととフレックスでも導入すりゃいいんだ。もう、この古すぎる体質が時代と合ってないんだよ。まったくいつまでマンモス狩ってるつもりなんだ……」

成親はひとしきりぶつくさ独りごちたあと、ギッと織江を睨みつけた。

「なぜ、遅刻しちゃダメなのか答えてやろう。理由なんて、ない！　答えは、無だっ！」

無だっ！ に合わせ、成親は人差し指を突き立てる。

「いいか。朝ゆっくり寝たいなら、会社の体制を自分で変えるしかない。それにはまず、黙って定時に出社しろ。話はそれからだ。ルールを守れない奴に発言権など、ない！」

今一つピンと来ない気持ちで、織江は「はぁ……」と曖昧にうなずくしかない。

会社の体制を変えろなんて……。そんなの、私たちには無理じゃない？

そもそも、織江みたいな契約社員のプログラマーは正社員と待遇が違う。契約期間は短く設定され、いつ切られるかわからない不安定な身の上だし、ボーナスも退職金もない。新卒で楢浜重工に入社し、ナラシスに部長として出向している成親と、同じ熱量で仕事に取り組めと言われても、無理な話だった。

それに、正社員と契約社員を隔てる、見えない壁はたしかにある。正社員だけが持つ楢浜重工への思い入れ、彼らの間にある強い連帯感は、織江には入れない世界だった。

誰もはっきり口にはしないけど、社内にはヒエラルキーが存在する。ピラミッドの頂点に君臨するのは、成親のように本籍は楢浜重工にある出向社員。次がナラシスに直接入社したプロパー社員。その次が契約社員、派遣社員、パートアルバイトの順番だ。

さらに、ナラシスの名刺を持ちつつ、業務を外部委託（アウトソーシング）された個人業者もおり、立場によって仕事に取り組む姿勢がそれぞれ違っていた。

そう考えるとある意味、山之前部長って平等かも。今もこうして、私のためにわざわざ時間を割いてくれているワケだし。これまでの上司でここまで真剣な人、いたっけ……？

しばらく考え、いなかったと結論づける。思い返せば、成親は派遣社員やパートアルバイトに対しても同じ厳しさで接していた。

苦手なキレキャラではあるものの、メンバー全員をちゃんと大事な戦力とみなし、立場がなんであろうが態度を変えない、非常に公正な人物とも言える。

めっちゃ前向きに、超ポジティブに、敢えて美点を上げるとしたら、だけどね……。

内心苦笑する織江に対し、成親は脅すようにこう言った。

「これは君のためでもあるんだぞ。知っての通り、契約の更新が迫ってる。君の勤務態度じゃ、庇いきれないんだよ。このままだと、じゃ更新ナシで、なんてことになりかねん」

「えええっ！　そんな……」

織江の顔面から、サァーッと血の気が引いていく。

「正社員でさえ遅刻を理由に解雇できるんだぞ。契約社員ならなおさらってことぐらい、さすがの君でもわかるだろ？　現に人事評価会議で、君の遅刻の話は何度も出ている」

今、独り暮らしをするので生活はギリギリだ。東北の田舎に住む両親は、父親が不動産事業に失敗し、母親がパートでどうにか家計を支えている始末。織江に兄弟はおらず、実家に仕送りすることはあっても、逆に助けてもらうなんて到底無理だった。

万が一、契約解除されようものなら、家賃も光熱費も払えず、路頭に迷う羽目になる！

学歴も資格もない織江がやっとありつけた職だった。契約解除だけは避けなければ！

「どうしよう、無職になりたくない。私、本当に起きられないんです。ああ、遅刻が原因でクビになるなら、会社に住みたい。一生退社しなければ、出社する必要もないし……」

血迷ったことを口走っていると、成親が腕組みしたまま言い放った。

「よし、わかった。僕が毎朝電話する。君が起きるまで何度も執拗に電話してやる」

「ええっ……！」

あまりにも恐ろしい申し出に、ぎょっとしてしまう。

「君に拒否権はない。僕が責任を持って、徹底的に完膚なきまでに叩き起こしてやる」

「いやいやいやいや。ちょ、ちょっと待ってください！　さすがにそれだけは……」

必死でなだめようとする織江に、成親は、ニタァと悪魔みたいに微笑んだ。

「安心しろ。僕はしつこい男だ。君の睡眠欲と僕のしつこさ、どちらが勝つか決着をつけようじゃないか。どちらが真の王者なのかを……」

「部長、落ち着いてください。それだけは勘弁してください。さすがにやりすぎ……」

「いや、もうこれは決定事項だ。なにを言われようが、僕は明日の朝電話する。着拒するなよ？　契約解除されて無職になるか、僕の電話で朝起きるか、今すぐ選べ。さあっ！」

差し伸べられた成親の大きな手を見つめ、織江はゴクリと唾を呑む。

部長から毎朝電話……なにその無間地獄！

あまりのことに織江は絶句し、成親の薄く整った唇と手のひらを交互に見る。

成親は美しい口角を上げると、凛々しい双眸を冷淡に光らせ、静かに宣告した。

「時間は六時でいいな？　いいか、君が家を出たという証拠をUPするまで、切られようが雨が降ろうが槍が降ろうが電話し続けるから、覚悟するように」

そこから、織江は死にもの狂いで成親を説得し、せめて電話ではなく、SNSのメッセージを送信する形にするよう、変えてもらった。

「わざわざ部長の手を借りなくても、実家の母に頼んで毎朝起こしてもらいますから！」

そう主張したのに、成親は断固として首を横に振った。

「ダメだ。それこそ、君のお母様にご迷惑を掛けるわけにはいかない。それに、実の母親だと君が甘えてしまって、どうせ起きられっこない」

毎朝強制的に連絡なんてハラスメントです！　プライバシーの侵害です！

猛抗議したかったけど、遅刻魔の自覚があるゆえ、あまり強くは出られなかった。

それに、契約解除を前にしたら、自分は完全に無力だ。抗う術はない……。

「だが、誰かに起こしてもらうというのは名案だ。他に誰かいないのか？　彼氏とか」

そう聞かれ、織江は肩を落とし、蚊の鳴くような声で「……いません」とつぶやく。

すると、成親は世にも意地悪そうな顔で高笑いした。

「ははは っ！　だろうな！　そりゃロクに定時出社もできない女に、寄りつく男なんていないわな」

　こ、こいつっ……！

　愉快そうに笑う成親を見て、織江の怒りゲージがググッと急上昇する。

「なら、仕方ない。僕がやろう。ナラシス社員としての君の不手際は、上司である僕が責任を持って対処する」

　偉そうによく言いますね。自分だって女っ気皆無の癖に。そりゃ常時鬼みたいにキレ散らかしてる男に、寄りつく女なんていませんよね！

　という暴言は内心にとどめ、織江はじっと怒りを抑えた。

　こうして、成親の抱えるストレスはウィルスのように周囲へ伝染していくのだ。

「ところで君、寒いのは大丈夫なのか？　エアコンが壊れてるとか言ってなかったか？」

　大仰（おおぎょう）に心配そうなそぶりを見せる成親を、心底嫌味な奴だと思った。

　今は寒いどころか、腋（わき）の下にじっとりと嫌な汗まで掻いている。

「大丈夫です。今はもう、暑いぐらいなんで……」

　渋々そう答えると、成親は「よろしい」と満足げにうなずいた。

　ナラハマシステムズは、従業員百人弱ほどの小さな会社だった。

織江の所属するエンタープライズアプリケーション部（略してエンプラ部）は、楢浜重工業東京本社ビル九階の南側フロアにある。

そこは、織江のようなプログラマーたちがプログラミングを行う開発室と、企画や設計を行い、プロジェクトを統括する正社員たちがいるワークエリアに分かれていた。といっても、エリアを隔てる壁はガラス張りなので、フロア全体が見渡せるようになっている。

エンタープライズを直訳すると〝企業〟だが、IT業界では特に大企業や公的機関のように、規模の大きな法人相手の市場や製品を指すらしい。

企業のさまざまな業務……材料を調達し、モノを作り、拠点に運び、それを売り、会計処理し、在庫を抱え、人を雇い、給料を払う……は各々の業務アプリで行われる。

そのアプリをリアルタイムで相互に連携させ、企業全体を総合的に管理するミドルウェアの設計、開発、運用を行っているのが、織江たちのいるエンプラ部だった。

楢浜重工グループに導入されたミドルウェアをEMRSと呼ぶ。神話のヘルメスにちなんだ名前らしいが、元々はアメリカの会社が開発したもので、それを楢浜重工グループの業態に合わせてカスタマイズし、導入されたものだ。

楢浜重工業と言えば、航空機や船舶や鉄道車両といった輸送機器をはじめ、産業機械やプラントまで製造する、日本で三本の指に入る巨大機械メーカーだ。資本金は一千億円を超え、世界中に拠点を持ち、グループ全体の従業員数は四万人近くに上る。

エンプラ部は、ＥＭＲＳの中でも国内の特定部門だけを担当している。ＥＭＲＳが楢浜重工に導入されたのは二十年前で、現在は『レガシー化』という問題に直面していた。簡単に言えば、システムが巨大かつ複雑になりすぎ、維持運用にコストが掛かるのだ。

織江もＥＭＲＳの全貌は把握できていない。さまざまな改変を経て現在の形になったらしいが、昔の知らない人たちが作った超デカいシステム、ぐらいの認識しかなかった。

楢浜重工についても、寝ぼけまなこで研修を聞きかじった程度で、あまり興味もない。

織江の仕事は、小さな町工場で部品を作るのに似ている。顧客から「この素材で、こんな形を作れ」と頼まれ、渡された設計書通り、一ミリの狂いもなく作るけど、その部品がどんな機械に使われ、その機械がどんな役割を果たすのか、ほとんど知らなかった。

いつも、これはなんの処理かなぁ？　と不思議に思いつつ、プログラムを作っている。

噂によると、楢浜重工は超体育会系らしい。成親のような正社員は入社当時から厳しい研修を受け、世界中に散らばるグループの拠点がどこにあり、誰がいてどんな業務をしているのか、ほぼ網羅して把握しているそうだ。楢浜重工の成り立ちから歴史、社訓や理念を深く理解し、楢浜製品をこよなく愛し、楢浜のために尽くすのが当たり前と言うから、まるで宗教か軍隊みたいだ。（成親もそれに近いことを言っていたけど）

やはり、成親とは完全に人種が違うなと感じる。もちろん、すごいなぁと尊敬するし、大変だなぁと気の毒にも思う。親会社からの圧力もきついらしく、破格の報酬が引き換えとはいえ、あんな風に四六時中不機嫌な凶悪顔になるのもうなずける。

けど、同じようになりたいかと問われたら、一億円積まれても嫌だった。

元来、織江はずぼらでのんびり屋なのだ。学生時代から遅刻や忘れ物が多く、成績もよいとは言えず、うっかりミスをしては同級生に笑われていた。したいことも特技もなく、高校卒業後は、就職率がいいからという理由でプログラムの専門学校に入り、無事就職できたはいいが、超絶ブラック企業で労働時間は無限大、二年勤めてどうにかそこを脱出し、母体のしっかりしたナラシスに転職を果たした。

プログラミングは嫌いじゃないけど、それしかできないからやっているだけだし、仕事や会社に対してこだわりもなく、ただ給料をもらうために働いているだけだ。

会社を愛し、仕事に情熱を持てだなんて、変なクスリでも打たない限り無理だった。

とはいえ、愛や情熱がなくても織江のやることは変わらない。ＳＥ（システムエンジニア）から渡される基本設計書をベースに、プログラムに落とし込んだ詳細設計書を作り、プログラミングし、何度もテストし、結果を報告して承認をもらい、納品する……これを繰り返すだけだった。

エンプラ部に課という概念はなく、まるでジプシーの如く、あっちのプロジェクトへ、こっちのプロジェクトへ、命じられるままに渡り歩き、忙しい殺伐とした空気の中、ＳＥやコンサルタントたちからは偉そうに命令され、決して心温まる仕事ではない。

以上がナラシスにおける、織江の役割だった。

さて、織江が成親と面談をした日から、ちょうど一週間後。

時刻は九時五分前。奇跡的に出社してきた織江は、全身汗だくで開発室に入る。

「持田さん、今週ずっと時間通り来てる。めずらしい」

真向かいに座る、ひょろりと痩せたメガネの男に声を掛けられた。

「おはよう、王（ワン）ちゃん」

織江は挨拶をしてデスクにつき、パソコンを起動しながらぐったりする。

王ちゃんこと、王皓（ハオ）は上海（シャンハイ）出身の契約社員である。少しカタコトではあるものの、業務に支障なく日本語が話せ、性格は非常に穏やかで温厚。皆からは「ワンちゃん」とか「オウくん」と呼ばれ、親しまれていた。

「けど、持田さん、すごく疲れてる。顔色は青く、やつれてる」

王皓のストレートな指摘に、織江は「ははは……」と力なく笑った。

「わかる？　毎朝、山之前部長から怒りのSNS受信してみ。誰だってこうなるよ……」

「ああ。先週してたあの話、本気なの？　本当に部長から毎日SNS来てるの？」

「本気も本気よ！　今朝なんて直（ちょく）で電話掛かってきたからね。マジで最っ悪だよ！」

織江の嘆きに、王皓は「うわぁ……」と嫌そうな顔をした。

「部下が起きるの遅いだけで、そこまでするの？　ヤバイね。日本人ヤバイね……」

「いや、ヤバイのは部長だけだから。日本人の名誉に掛け、そこまでするのは、山之前だけと断言しておく」

「誰がそこまでするヤバイ奴だって？」

不意に背後から声が響き、織江はその場に凍りつく。

恐る恐る振り返ると、そこには、こちらを見下ろす鬼の形相があった。いつも以上に眉間の皺は深く、こめかみの青筋は見事に浮き出て、左目の涙袋がヒクヒクしている。

「あ、お、おはようございます。山之前部長……」

普通の挨拶を試みるものの、織江の笑顔も引きつってしまう。

「どうやら無事、定時に出社できたようだな。大変結構だ」

成親は魔王の如く尊大に言い放った。朝九時にわざわざ織江の様子を見に来たらしい。

ここまで来ずとも、織江がいるかどうかは、成親の席からガラス越しに見えるのに。

例の社内面談以降、毎朝五時五十五分ぴったりに、成親からＳＮＳのメッセージを受信していた。

【起きなさい。持田さん、朝だ】

【おはよう。今日も頑張って定時に出社だ】

これぐらいならまだいいほうで、既読スルーを続けていると内容が過激になってくる。

【起きろ起きろ起きろ起きろ起きろ起きろ起きろ起きろ起きろ起きろ起きろ！】

【起きないと就業規則違反だ。いいのか？　君の人生、本当にそれでいいのか？】

【起きろ、持田さん！　起きないと死ぬぞ！　起きろっ！　起きるんだっ！】

連打されるあまたのメッセージをさらに無視すると、最後は電話が掛かってくるのだ。

「定時に出社しなければ、路頭に迷うことになるぞ？　それでいいのか？」

うっとりするようなイケボなのが余計に腹立つ。

しかし、「路頭に迷う」というワードは効果てきめんで、織江は冷水を浴びせられたようになり、慌ててベッドから這い出し、着替えて家を飛び出すのだった。

汗だくで駅にたどり着き、スマホで【駅に着きました】と成親に報告する。

【大変よろしい。電車に間に合ったようだな。では、寄り道せず、会社に来るように】

成親からの返信を読むこの瞬間、織江は力任せにスマホを地面に叩きつけたくなる。

くっそぉー、偉そうに。山之前成親、マジで腹立つっ……！

とはいえ、成親のほうが正しいと頭ではわかっていた。就業規則は守らなきゃいけないし、遅刻もしてはいけないし、彼は嫌がらせ目的ではなく、織江の契約更新のために自分の時間を割いて協力してくれている。

でも、かなりキツかった。普通の人が普通にできることが、織江にとってとてつもなくハードルが高い。いつもより少し早く家を出る……それだけのことが、吐き気がするほどしんどかった。

そんな織江の心情を察してか、成親は偉そうに両腕を組み、ジロリと睨みつけてくる。

「それが当たり前なんだよ。皆、今の君と同じぐらいしんどい思いで出社してるんだ」

もはや言い返す気力はなく、織江はうなだれることしかできなかった。

「……で、持田さん。肝心の開発の進捗はどうなんだ？　君の担当はバグの改修が二本と、アドオンの修正が一本あったと思うが？」

突然成親に聞かれ、織江は慌ててキーボードを叩いて確認する。

「えーと、アドオンのほうなんですけど、基本設計書にちょっと変なところがあって。設計者の石山くんに質問したんですけど、まだ回答がなく……」

「回答が遅いせいで作業がとまっているのか？　また石山か、あいつ……」

成親は舌打ちでもしそうな勢いで、渋面を作った。

石山は入社三年目。成親と同じ楢浜重工の正社員で、ナラシスに出向中である。

全方位に厳しい成親だが、特に直属の部下である石山に対する当たりは苛烈で、いつかどこかで聞いた「楢浜重工は超体育会系」という噂を裏づけていた。

石山は修士卒で、学年は織江より一つ上だが、勤続年数は織江よりも一年後輩だ。のんびりおっとりし、成親とは正反対の性格で、あまり仕事熱心ではなく、作業もたしかに遅い。だからこそ親近感が湧くし、いつも織江を「もっちー先輩」と呼んで慕ってくれるので、好ましく思っていた。

成親にいつもボコボコにされ、涙目になる石山の哀れな姿を思い出し、気の毒になる。

「私の質問の仕方が悪かったのかも。あとでもう一度、石山くんに確認してみま……」

即座に成親が「その必要はない」と遮り、「変なところってなに？」と聞いてきた。

織江は画面に設計書を映し、「このMRP計算という処理なんですけど……」と説明する。もちろん、MRP計算という処理がなんなのか、まったくわからないまま。

「ああ、それね。以前は夜間処理でMRP計算してたんだけど、高速演算が実装されたから、日中も回せるようになったんだ。君がやってるのはそのアドオンな」

意外にも成親が的確に即答し、織江は「マジか」と内心舌を巻く。

成親はプロジェクトを掛け持ちし、織江が担当する生産管理だけでなく、技術管理や輸出入管理の責任者も務めていた。配下の社員は大勢おり、下請け孫請けまで含めると、かなりの規模だ。

部長クラスで、いちプログラマーの作業内容まで把握している人は少ない。そういうのは、石山のような設計担当や開発リーダーに任せ、ゆるく全体を統括するのが普通なのに、成親はどうやら現場のすべてを掌握しているらしい。

以前から、成親のそんなところがすごいと感心しつつ、ちょっと怖いとも思っていた。

そんなこんなで、織江は軽く引きつつ、設計書を指して質問を続ける。

「そのMRP計算ですが、データ単位のエラーと、処理自体が中断するエラーがいくつかあり、設計書には『エラー処理をする』としか記載がなく、具体的にどうすれば……？」

「たしか、夜間処理のエラー発生時は担当者にメールが飛んでたよな？　オプションでSNSにも通知するかどうか、選べる仕様になっていたと思うが……」

旧設計書のエラー発生のページを確認すると、たしかに成親の言う通りになっている。

「日中の処理に変わるからエラーは画面に表示し、詳細はレポートで出せばいいんじゃないか？」

成親はぶつくさ独りごち、「すぐ僕のほうで確認して、連絡する」と請け負った。

「次に、内示受注入力のバグですが、コメントが中国語でわからないところがあり……」

「なら、王くん待ちか？」

「そうです。王ちゃんの手が空くのを待って、教えてもらおうと思ってたんですけど」

出し抜けに、成親は王皓に声を掛けた。成親は早口の中国語で話し、それに対し王皓も中国語で答える。たまに画面の設計書を指しつつ、しばらく二人で話し込んでいた。

なにを言っているのかわからないけど、成親の流暢な中国語に感心がとまらない。よく現地の開発者の中国語を耳にする機会があるけど、成親の発音は限りなくネイティブに近いと感じた。

成親は英語はもちろんのこと、スペイン語やアラビア語、さらにはヒンディー語まで流暢に操れる。英語レベルが中学一年でとまっている織江にとって、まさに雲上人だった。

「よし、王くんに話はつけた。質問に答えてもらうから、とっととその不明な箇所とやらを潰してくれ」

成親はそう言い、織江は「はいっ」と背筋を伸ばす。

王皓はオフィスチェアに座ったまま、ついーっと滑ってきて、「質問どうぞ」とうなずいた。

ここまでの所要時間およそ十分。織江の抱えた課題は成親の手によって、全部解決を見たのだった。

「持田さんも、毎朝僕に起こされるのが嫌だったら、せいぜい優しい彼氏でも見つけることだな。まぁ、君には無理だろうけどなぁ」

去り際にせせら笑う成親を、織江は横目で冷ややかに睨みつける。

「毎朝部下に連絡するとか、独身の部長ならではの所業ですよね。ご家庭をお持ちのまともな男性なら、奥様がいるはずだから、できないでしょうし」

「ロクに定時出社もできない部下に言われたくないわ。そもそも、君の意見なんてなんの参考にもならないからな。ったく、石山の奴、どこ行きやがった」

という捨て台詞を残し、成親は足を踏み鳴らして去っていった。

「くっそぉー……！　むちゃくちゃ腹立つっ……！」

デスクをグーパンで砕きたい衝動を堪えていると、王皓があっさり言う。

「けど、いい部長だよ。あの人すごい」

織江が「そうかな?」と否定的な声を出すと、王皓は「あの人が一番すごい」と繰り返した。

「持田さんの遅刻も解決したし、結果は出してる。それに遅刻はダメ。持田さんが悪い」

王皓にそう言われると、グゥの音も出ない。

「昨日の夜、わし遅くまで残業してたんだけど、あの人、開発室に来たんだよ」

どこで憶えた日本語なのか、王皓の一人称はなぜかいつも「わし」なのだった。

「なにかと思ったら、在庫推移の画面、自分でデバッグしようとしてた。すごくない?」

王皓の信じられない言葉に、織江は思わず目を剝いてしまう。

「はあ? 部長が自分で? 嘘でしょ? やば……」

プロジェクト責任者である成親が自らプログラムを修正するなぞ、あり得ないことだった。そんなのは開発担当がすべき仕事なのに。

「在庫推移の開発担当って、誰? ……あ、粟津（あわづ）さん。この間辞めちゃったのか。けど、開発がいなくても設計がいるでしょ。設計がやればよくない?」

「設計は坂本（さかもと）さんらしいよ」

坂本という名を聞き、ならダメだという気持ちになる。坂本はナラシスのプロパー社員だが、心を病んだとかで、最近はほとんど出社していなかった。開発リーダーは？　彼に頼めばよかったのに」

「他にいくらでもいるでしょ、プログラム直せる人なら。開発リーダーは？　彼に頼めばよかったのに」

「昨日リーダー休みだったし、他の開発者も皆帰ったし。すごい急ぎのバグだったらしい。山之前さん、どいつもこいつも使えねぇって、ブチ切れてたよ」

　それについては、織江も特に異論はなかった。たしかに、どいつもこいつも使えないのは間違いない。

「部長様自らプログラム直すとか……ナラシス終わってるなぁ」

「わしがやりましょう、わしがやったほうが早いから、って声掛けたら、渋々譲ってくれた。その代わりに、今やってるバグの納期を延ばしてもらえた」

「あーそうか。王ちゃんが今やってるEDIデータ連携、納期迫ってたからね」

「山之前さん、帰ったの終電じゃないかな。わし、二十二時には開発室出たけど……」

「そうなんだ。終電かぁ……。大変だねぇ……」

　少し神妙な気持ちになる。成親のように、見えないところで頑張っている人がいるおかげで、毎日の業務は平穏に回っているのだ。

「あの人、すごいよ。今週の頭は大きな障害で、徹夜してたし。ちゃんとナラシスのこと考えてるの、山之前さんだけ。他の社員は皆テキトーでバラバラ。山之前さんだけが一人で頑張ってる」

「王ちゃん、やたら部長を推すよねぇ」

「うん。山之前さん、スーパーマンだよ。営業も企画も、交渉も管理も、基本設計も詳細設計も、プログラミングもテストも、なんでも一人でやれる。業務知識もシステム知識も一番詳しい。どの部署の担当者とも話せる、役員とも話せる、社外の偉い人とも話せる、中国語も話せる、あの人が一人で全部やってる。ナラシスは山之前さんだけで回ってる」

「けど、いちいち怖いんだよなぁ。自分でプログラム直すとかさ、これ見よがしにやることなくない？　開発は全員無能、おまえら全員無能、って言われてるみたいでさ……」

「現に無能でしょ、山之前さんに比べたら。性格が怖くても、成果は上げてるもの」

王皓はそう言ってケラケラ笑っている。

「私はダメだなぁ。怖い人、苦手で。毎朝連絡してくるんだよ？　あー嫌だなぁ……」

「別の見方をすれば、契約社員にそこまで深く関わってくれる人、なかなかいない」

王皓は織江のパソコンを操作し、プログラムの編集画面を表示させ、さらに言った。

「もっとひどいところもある。わしが前に派遣社員やってたところ、モノみたいに扱われてた。人間扱いしてくれるだけ、マシだよ。山之前さんは、バイトも派遣も同じぐらい気に掛けてる。なるべく残業せず早く帰れって言ってくれる。デキる人は優遇してくれる。厳しいけど、公正」

「ま、王ちゃんは特にね。部長も王ちゃんに対しては一目置いてるし」

「そういうの、めずらしいよ。わし、日本人じゃないから余計にわかる」

王皓にそう言われ、そんなもんかなぁ、と首をひねる。残念ながらめずらしさがわからない。

「持田さんは恵まれてるよ。普通なら、黙って契約解除されてポイ、だよ」

ポツリとつぶやいた王皓の目が、虚ろな色に染まっているような気がした。

……黙ってポイされた経験でもあるんだろうか？

王ちゃん、いつも明るく見えるけど、日本に来てきっと苦労したんだろうなぁ……。

王皓の痩せこけた頬を見つめながら、織江はぼんやりとそんなことに思いを馳せる。

そのとき、ビジネスチャットアプリのグループに成親から投稿があった。

【MRP計算について、業務に確認して設計書に詳細を記載した。確認よろしく】

ちなみに、この投稿は開発チーム全員が閲覧できる。アップされた最新の設計書には、処理の詳細がわかりやすく書かれていた。

さっき成親が開発室を出てから、十三分ほどしか経っていない。

石山が同じことをやったら、丸二日はモタモタしていただろう。

【山之前部長、ありがとうございます。これなら問題なくプログラミングできそうです】

【よろしく。明日もせいぜい遅刻するなよ】

成親のチャットについイラッときてしまい、すぐさま王皓宛てにDMを打つ。

【ちょっと、今の見たー？　あの鬼メガネ、偉そうに。いちいち一言多いんだって！】

声に出せない悪口は、こうしてこっそりDMしていた。DMなら他人に見られる心配はないから。

しばらく待っても返事がなく、あれ？　と王皓のほうを見ようとした瞬間、DMを受信する。

王皓から返信が来たのかと思いきや、意外にも成親からだった。

【誰が鬼メガネだ。偉そうで悪かったな。DMの宛先間違えて、悪口言ってる本人に送ってるぞ】

うわ、やば。超ヤバイ。ヤバイというレベルではない……。

腋から背中から、どっと冷や汗が噴き出す。

最悪だった。王皓に送るつもりが、間違えて成親に送信してしまったらしい。

追い打ちを掛けるように成親のDMは続いた。

【送る前に宛先の確認もできないのか！　くだらないことやってないで、とっとと仕事しろ！】

バカ、アホ、クズ、ゴミ、と言われないだけマシかもしれない。

織江はすっかり意気消沈し、デスクに突っ伏して深いため息を吐いた。

その日、十九時まで残業した織江は、ほとんど虫の息で開発室を出た。

午前中はずっと気分が悪く、お腹も壊していたため、ほとんど捗らなかったせいもある。連続で定時出社を果たした皺寄せが来て、体調とメンタルに相当ダメージを食らっていた。

織江は鉛のような足を引きずり、ワークエリアを横切ると、成親が怒りの形相でスマホに向かってわめいている。また、無能な部下を罵っているのかもしれない……。

さわらぬ神に祟りなし。織江はエレベーターホールに出て、Gミーティングルームに寄り、ゴル君に水遣りをした。鉢植えの土が乾くタイミングを見計らうのが大事だ。甲斐甲斐しく世話をしているおかげか、ゴル君は色鮮やかな黄緑の葉を、力強く茂らせていた。

「君だけはいつもなんだか元気だね。こんなところに居たら、息が詰まらない？」

そう話し掛けながら、古い葉を一枚ずつ取ってやる。

「お天気のいい日にひなたぼっこしようか？　ストレスまみれの場所から離れないとね」

「ストレスまみれの場所で悪かったな」

急に後ろから聞き慣れたイケボが響き、またしても織江は飛び上がった。

なんなんですか……。気配を消して背後に忍び寄るのが趣味なんですか……？

声の主に見当をつけ、嫌々ながら振り返ると、そこにはやはり成親がいた。偉そうに両腕を組んで壁に寄り掛かり、こちらを傲然と見下ろしている。驚くほど長い脚は上質そうなダークスーツに包まれ、服の上からでも引き締まった体つきなのが見て取れた。ワイシャツもスーツも皺一つなく、いつもしっかりとネクタイを締めている。忙しい人だけど、キチンとした格好を心掛けているらしく、そんなところは好感が持てた。

「上司の悪口の次は、職場の悪口か？　君ほど仕事が大嫌いな人間もめずらしいよな」

成親は片眉を吊り上げ、皮肉っぽく言う。

今朝、間違えて悪口のＤＭを送ってしまった引け目もあり、げんなりする表情を隠す気力もなく、織江はふらふらと立ち上がった。

「もう少しなんとかならないのか？　その、嫌そうな顔。まったく、態度が悪い……」

成親は忌々しそうに吐き捨てる。

いや、部長に言われたくないんですけど……。

凶悪犯よりも怖い、成親の不機嫌顔を見ていたら、両肩に疲労がのし掛かってきた。

「しかし、無人の会議室で植物にブツブツ話し掛けるとか、君、大丈夫か？」

「なにかご用でしょうか？」

ついとげとげしい口調になってしまう。

「まったく。わざわざこんなことを言いに来た自分が、馬鹿馬鹿しく思えてくる。毎朝の僕のモーニングコールの件だが……」

　モーニングSNSね、と内心ツッコみつつ「それがなにか？」と無感情に棒読みする。

「君が嫌がってるのは重々わかっている。僕だってすごく嫌だ。だが、来月いっぱいまでは踏ん張って欲しい。来月行われる第1四半期の人事評価会議さえ乗りきれば、あとはなんとかなるから。君はあまりに遅刻が多すぎる。せめて六月七月だけでも挽回しろ」

「はぁ……。すみません……」

　織江がしょんぼりうなだれると、成親は苦虫を噛み潰したような顔で言った。

「別に僕だって好きで君をいじめているわけじゃない。君の遅刻の多さは我が社の創業以来、驚異の記録を更新中だが、その分きっちり残業して辻褄（つじつま）を合わせているのも知っている」

　たしかにその通りで、三十分遅刻した日は三十分サービス残業している。どうしても時間通りに来られない織江の、せめてもの罪滅ぼしだった。

「それに、君はプログラムを直す作業は早いし、真面目に取り組んでいる。少しずつ楢浜の業務も勉強しているし、なにより突然音信不通になったり、失踪したりしないだろ」

　思わず織江は苦笑してしまう。プロジェクトが火を噴くほど忙しくなると、突然開発者が出社しなかったり、外部業者に連絡が取れなくなったりすることが、しばしばあった。

「君も、王くんもそうだけど、うちにとっては超重要な戦力なんだ。遅刻なんてしょーもない理由で契約解除になったら困るんだよ。やっとうちに慣れてきて、これからってときなんだから」

そう言った成親の声は真剣で、織江は思わず顔を上げた。

「上はそういうのがまったくわかってない。社員なんていくらでも替えが利く、遅刻が多いなら切ってしまえ、と、こうだ。社員教育というものをわかってない。この、深刻な人手不足の時代にそんな理由で社員をいちいち切り捨ててたら、誰もいなくなるんだよっ！全員消えていなくなる、無だよ！　まったく、いつまで縄文式土器を作ってるつもりなんだ……」

成親は険しい顔で「どいつもこいつも使えないっ！」と、地団駄でも踏みそうだ。

ややあって、成親は「とにかく」と、人差し指を銃口みたいにこちらへ向けた。

「エンプラ部の開発チームの君たちには、期待している。在宅ワーク推進とか、契約社員の待遇とか、社の制度を変えるように僕も頑張るつもりだから。以上だ」

成親はそれだけ言うと、こちらの返事を聞く間もなく、踵を返して去っていった。

その場で織江はしばらく呆け、頼もしい大きな背中を見送る。

これはもしかして……励ましてくれたんだろうか？

たぶん、そんな気がする。終始激怒しているから非常にわかりづらいけど、まとめると「期待してるから頑張れ」と言われたような……。

今一つピンと来ない気持ちで、織江はエレベーターで一階に下りる。

不器用な人なのかもしれないな、と思った。もっと愛想よくしたり、お世辞を言ったり、うまく立ち回る方法はいくらでもあるのに、わざわざ皆に嫌われるようなことばかりしている。人一倍ナラシスの行く末や、従業員のことを案じているのに。

けど、あんな怖い顔じゃ、皆から恐れられてもしょうがないよね……。

なんてことを考えつつ、エントランスホールを歩いていると、意外な人物に出会った。

「あ、石山くん！」

「お、もっちー先輩。お疲れさまです……」

ビジネスバッグを手に提げた石山が弱々しい声で挨拶する。ちょうど帰るところなのか、爪先(つまさき)は社員通用口のほうを向いていた。

「お疲れさま。今日、山之前部長が石山くんのこと、探してるみたいだったよ」

織江が声を掛けると、石山は「マジですか。ヤベェ……」と顔をしかめた。

「ずっといなかったけど、どこ行ってたの？　チャットのステータスも離席中だったし、スケジュールアプリも、予定が空欄だったよね？」

エラー処理に関する石山の回答を待っていた手前、そう聞かずにはいられない。

「ずっと本社にいたんですけど……。僕、実は逃げてたんですよね」

石山は周りをはばかるように声を潜めた。

「えっ？　逃げてた？　なにから？」

　びっくりして問い返すと、「ここだとアレなんで……」と一緒に帰ることになった。

　よく見ると、石山の顔は見たことのない、奇妙な色をしている。まるで蝋人形みたいな、青白いというより青黒いと言ったほうが適切で、ひどく疲れている様子だ。

　石山くん、なんだかストレス溜まってそう。大丈夫かな……？

　ビルの外に出た途端、湿気を帯びた生ぬるい空気が体を包み込む。

　すっかり日は落ち、地上に近い空の青から、天頂に向かってだんだん濃紺に変わっていくグラデーションが美しかった。

　海が近いせいか、都心に比べてこのベイエリアのほうが、風が爽やかな感じがする。

　もう夏だな、と思いながら石山と肩を並べ、綺麗にライトアップされた歩道を進んだ。

「いろいろ理由つけて本社に避難してたんです。わかるでしょ？　例のあの人ですよ」

　石山が先ほどの続きを話しはじめた。

　釣られて織江も小声で「山之前部長のこと？」と聞くと、石山は何度もうなずく。

「あの人今、ヤバイんですよ。石山、少し腹を割ってじっくり話そう。僕たちはお互いを理解することが必要だ……とか言ってきて」

　石山のする成親のモノマネがよく似ていて、織江は噴き出しそうになった。

「勤務態度がどーたらとかいう話です。説教魂に火が点いたのか、なんなのか知らないけど、楢浜重工の役割とか、現場業務の重要性だとか、正社員としての自覚だとか、アツ語りされるんですよ。パワハラなんて甘いもんじゃない、マジ拷問です、拷問！　長時間拘束される身にもなってみろって！　あー、だるっ」

「なるほど。それで逃げ回ってたんだ。部長に捕まると長いし怖いからね……」

身に覚えのある織江が共感すると、石山は「ですよね！」と勢いづく。

「僕、あの人と全然合わなくて。体育会系アレルギーなんです。楢浜重工の社風がそもそも無理。この仕事向いてないし、こんなの僕のやりたい仕事じゃないんですよね……」

「そうなんだぁ。石山くんのやりたいことって、なんなの？」

「そりゃ、研究開発に決まってるじゃないですか。それを希望して入社したんですから」

そんなの当たり前だろ、といった様子で、石山は冷ややかに織江を見る。

「もしくは、設計ですかね。そのために修士取ったようなもんなんで」

「え？　設計なら、今もやってるじゃない？」

織江が首をひねると、石山はあからさまに呆れた顔をした。

「もっちー先輩、さすがに全然違いますって……。航空機とか鉄道車両の設計ですよ！　こんなショボくてワケわからん社内業務システムの設計と、一緒にしないでください」

「そっかそっか、ごめん。私、よくわからなくて……」

「まったく、山之前さんもよくやりますよ。あの人、古くからある大地主の家系で、都内にいくつも不動産を持ってるらしいんです。こんな僻地であくせく働く必要ないのに」

「山之前部長が？　知らなかった、そうなんだ……」

楢浜重工の社員ならあり得る話だ。それより、「僻地」というワードが気になった。先週の面談のとき、成親も言っていたっけ。

――そんなこと言ってたら、あっという間に僻地へ追放だぞ！　クソッ……！

「僻地って……。うちの会社って、そんなにダメなの？」

石山は「ここだけの話ですよ。誰にも言わないでください」と前置き、教えてくれた。

「ナラシスに出向なんて、楢浜重工の正社員としては底辺オブ底辺の配属ですよ。僕にナラシス出向の辞令が出たとき、同期の奴らが皆、うわ〜こいつやべぇ、可哀そう、みたいな目で見てきましたからね。皆、敢えて口には出しませんが、そういうことです」

驚愕の事実に絶句してしまう。けれど少し、複雑な気持ちになった。

「そっかぁ。だから、楢浜重工から出向してる社員さんて皆、どこかやる気ないのかな……。まあ、山之前部長を除いて、という意味だけど」

恐る恐る聞くと、石山はあっさり「そうですよ。当たり前じゃないですか」と答える。

愛社精神なんて皆無だけど、親会社の人たちが「ここは底辺だ。最悪だ」と嫌がりながら出向してきているのかと思うと、正直あまりいい気持ちはしなかった。

こちらの気持ちを考えず、そういうことをさらっと言えちゃうんだよなぁ……石山くんて。

織江のような立場の違う契約社員に、そんなデリケートな話を漏らすべきではないだろう。

よく言えば天真爛漫、悪く言えば空気が読めない。そんな性格のせいで、石山はいつも成親に怒られ、取引先に怒られ、現場の業務の人にも怒られているのだ。

「他にはないの？　設計と研究開発以外で、これならやってもいいかなっていう……」

織江が聞くと、石山はしばらく「うーん」と考え込んだあと、明るく答えた。

「百歩譲って研究開発はあきらめるとしますよ？　だったら僕、もっと華やかな部署に行きたいんですよ。メディアの取材受けたり、ＳＮＳのトレンドに入るような感じのやつ」

「ＳＮＳのトレンド……？」

「僕、研究開発できないなら、そもそもこんな会社来てないですよ。楢浜に就職して、喜んでるのは親だけだし。いつか異動できるかもって可能性匂わされ、騙されたようなもんです。だったら、最初から就活せず海外に飛んで、億Ｔｕｂｅｒになってればよかった。僕なら今頃とっくにチャンネル登録者数、百万超えてますよ」

自信満々に言い放つ石山に、疑念が湧いた。そんなに簡単かな？　億Ｔｕｂｅｒの人たちはきっと自分の身を削り、裏で大変な努力や工夫を重ねているはずだ。

「今の仕事って正直、ダサいんですよ。地方工場の人とか、事業所の人とか、倉庫の人にペコペコしまくって……。なんでこの僕が現場の奴らに、頭下げなきゃなんないのか」

普段からSEやコンサルタントにペコペコしている織江も、他人事とは思えなかった。

「頭下げないと、仕様を教えてくれないからね。怒らせちゃったら仕事進まないし……」

そう言うと、石山は足をとめて「そうなんですよ！」と食いついてきた。

「現場の奴ら、業務をこちらに教える気一切ゼロ。そんなワケわからん、ブラックボックスみたいな業務のシステム設計なんか、できるかって話ですよ！　どうか設計してくださいお願いしますって、あっちが頭下げるのがスジじゃないですか？」

「それは難しいんじゃないかな。私は現場の人や事業所の人と話したことないけど……」

「ま、無理なのは知ってます。あーあ、あんな末端の奴らに従わなきゃならないなんて」

石山の言う「末端の奴ら」に自分も含まれているだろうと思い、少し切なくなる。

「ナラシスに戻れば、鬼が待ち構えているし。今どき流行らないんですよ、愛社精神とか、忠誠心とかさ。江戸時代かよ！　チョンマゲ結って刀持ってんのか、って話ですよ」

石山がキレ気味にまくしたて、織江はつい笑ってしまった。たしか、どこかの誰かも旧石器時代とか縄文式土器とか言ってなかったっけ？

「というわけで、もっちー先輩、すみません。MRP計算のエラー処理、まだ業務担当に聞けてません。僕が現場に問い合わせたところで、後回しにされちゃうんで……」

「あっ、それなら、山之前部長が代わりに確認して、設計書を書き直してくれたよ」

「えっ？　マジですか？」

「うん、マジだよ」

そう答えると、目を丸くしていた石山の表情が、ひどく苦しそうに歪んでいく。

「あの人、なんでそういう嫌味なことするんですかね？」

「えっ？」

「いつもマウント取られるんです。僕が現場の人たちに嫌われてるのを知ってて、あの人、自分は現場に好かれてるぜアピールしてきて。おまえももっと現場に頭下げろって、圧掛けてくるんですよ。普通、部長自ら現場に問い合わせて設計書直したりします？　おまえは無能って、わざわざ言いたいんですかね？」

――現に無能でしょ、山之前さんに比べたら。性格が怖くても、成果は上げてるもの。

そう言った王皓の意図が、今ならわかる気がし、織江は口を開く。

「部長は、純粋に仕事を早く終わらせようとしてるだけじゃないかな。皆を手伝おうとしてるんだと思う。開発室にふらりと来て、自分でデバッグしたりするらしいし」

「うわ。それ、マジですか？　開発の人たちも嫌ですよね？　そんなことされたら……」

「どっちかって言うと、申し訳ない気持ちかも。開発が不甲斐ないせいで、部長に負荷が掛かってるわけだし。それに、一人で設計も開発もやれるのはすごいと思う」

「そうやって、相手を申し訳ない気持ちにさせるのが奴の狙いなんですよ」

悪意に満ちた石山の物言いに、思わず足がとまった。

「そんなことない。ナラシスの皆を心配して、一生懸命なだけなんだよ。やれって命令するだけじゃなくてさ、自らも手を動かして、私たちを助けようとしてくれてるのかも。仕事に対して真剣すぎて、空回ってるところはあるけどさ……」

織江の反論に、石山は不満そうに眉をひそめる。

「もっちー先輩。なんですか、それ。あの人のこと、庇ってるんですか？」

織江はドキリとし、「えっ？」と声を上げてしまう。無意識の内に成親をフォローするようなことを言ってしまった。

「あ、ごめん。庇うとか、そんなつもりなかったんだけど……」

「もっちー先輩だけは味方だと思ってたのに」

「もちろん味方だよ！　ただ、ちょっと部長も誤解されてるのかも、と思ってさ……」

「わかりました。もう、いいですよ」

深いため息を吐く石山を眺めていたら、とある予感が胸をよぎった。

石山くん。もしかしたら、会社辞めちゃうのかもしれないな……。

たまに、こうして石山の愚痴を聞く機会があった。大概「会社と合わない」「上司と合わない」といった内容で、そんな後ろ向きな弱音は同期や上司に吐けないらしい。

正直、楢浜重工の内部事情なんて織江には関係ないのだけど、困っている人を見ると放ってけなくなり、つい愚痴に付き合ってしまう。『王様の耳はロバの耳』みたいだ。石山にとって織江は愚痴や悪口を聞かせるための、地面の穴に過ぎない。

結局、都合よく利用されてるだけかもなぁ……。石山くんに。

「もっちー先輩、今日はいろいろ聞いてくれて、ありがとうございました」

「どういたしまして。じゃあ、私、こっちだから行くね」

「お疲れさまでした」と去っていく石山の背中が、しょんぼりしているように見える。

自分にできることはなにもないな、とあきらめにも似た気持ちで、織江は踵を返した。

第二章　鬼メガネと銃撃戦

翌日の金曜日。織江は親友の八坂佐奈と、自宅でオンライン呑みをする予定だった。

それなのに、残業ですっかり遅くなってしまい、お酒やおつまみを揃えてようやくパソコンの前に座れたときは、すでに二十一時を回っていた。

ビデオ通話が繋がり、佐奈が映った瞬間、織江はびっくりして画面を凝視してしまう。

「あれっ？　佐奈？　なんか……めっちゃ綺麗になってない？」

佐奈は目鼻立ちのはっきりした丸顔に、フェミニンなショートヘアがよく似合う美人だった。今夜はすっぴん顔だけど、いつもよりキラキラ輝いて見える。

『ええ？　そう？　別にいつも通りだけどな。開口一番褒めてくれてうれしいけど……』

佐奈はそう言って、困惑した様子で首を傾げた。

「いやいやいや、絶対綺麗になってるって！　あ、もしかしてエフェクト掛けてる？」

『掛けてない掛けてないって！　さすがにそれは褒めすぎ』

満更でもない様子で佐奈は笑う。

ひとしきりお互いの近況を報告したあと、佐奈はこんなことを切り出した。

『ところで織江さん。この間さ、いい人いたら紹介してって言ってたよね？』

「うんうん。言ってた言ってた」

前回呑んだとき、仕事のツラさと鬼部長のヤバさを佐奈に訴え、お金がないから辞められないしと悩みあぐね、たどり着いた結論が「彼氏を作ればすべてが救われる！」と妙なテンションで大盛り上がりしたのだ。

『今度、2―2で合コンがあるんだけど、来ない？　かなり条件がいいかも……』

織江は思わず、カッと目を見開く。まさに、今の冴えない私にうってつけの案件では？

「行きます行きます！　その案件、ぜひ詳しく聞かせてくれる？」

それから、佐奈は合コンの詳細を説明してくれ、織江はふんふんと耳を傾けた。

「相手は外資系証券会社勤務の三十二歳で、ヴァイスプレジデントクラス？　なにそれ？　よくわからないけど、なんだかすごそうだね……」

そもそも、証券がなんなのか知らない。証券マンというワードは一応聞いたことがあった。頭のいい人たちが難しい取引をしている、という漠然としたイメージしかない。

『その人、唐橋さんって言うんだけど、最近会社のイベントで知り合ってさ、顔も性格も結構好みなんだよねぇ』

佐奈は悩ましげな表情で頬杖をつく。

佐奈は高校時代の同級生で、地元を離れた織江が唯一連絡を取っている親友だ。同じテニス部で佐奈が後衛、織江が前衛のダブルスを組んでいた。太って鈍足だった織江とは違い、佐奈は成績優秀でスポーツ万能。明るく華やかな美人で、当時からモテていた。

有名私立大学の経済学部に現役で合格し、キャンパスライフを謳歌したあと、大手広告代理店に就職。六本木（ろっぽんぎ）にある瀟洒（しょうしゃ）なオフィスでクリエイティブ部門の仕事をしている。

そんな交友関係も華やかな佐奈と、地味な織江。対照的な二人の絆は意外にも深い。テニス部時代、練習が辛くて励まし合い、試合に負けて悔しくてともに泣き、将来について真剣に悩みを打ち明け合った思い出は、かけがえのないものだった。

顔を合わせればいつも、二人の心は一瞬で十代に逆戻りする。

今は、それぞれの人生をそれぞれのペースで歩んでおり、四六時中一緒にいるわけではないけれど、たまにこうして二人で呑んだり、イベントに誘い合ったりする仲だった。

「じゃあ、佐奈はその唐橋さんのことが好きなんだ？」

ずばり聞くと、佐奈は照れくさそうにボソボソ言った。

『……うん。まあまあ好き、かも。できれば、付き合いたい……ような気もする』

「そうなんだ、いいなぁ！　そういうの、素敵。まさに今、恋してる真っ最中なんだね」

　そうか。だから、これほど綺麗さに磨きが掛かっているのかと、納得してしまう。

「なら私は、唐橋さんと佐奈のことを応援するよ！」

『ありがとう！　でね？　この話は続きがあって、唐橋さんに大学時代の親友がいてさ、その人に織江のこと紹介したいんだ』

「ふーん。その人って、どんな人なの？」

『いや、私も直接会ったことはないんだけど……ちょっと待ってね』

　佐奈はスマホをいじり、なにやら確認している。

『えーと、その人はね……大手メーカー勤務の三十二歳。ディレクタークラスだって。唐橋さん曰く、性格は優しくて部下思いのいい人らしい。ふふ、唐橋さんのたとえが面白いんだけど、菩薩(ぼさつ)のように慈悲深い人なんだって』

「菩薩のように慈悲深い？　ほんとっ？　それ、まさに今の私が求めてるタイプ！」

　カメラに顔面を押しつける勢いで言うと、佐奈はふふんと得意げに笑った。

『でしょ？　織江ならそう言うと思った。例の鬼部長にメンタル削られてるからさ』

「それ。職場が本当に地獄なんで、もう誰でもいいから慈悲深い人に癒されたい……」

『その人、顔よし！　頭よし！　真面目かつ有能！　その上かなり人望もあるらしい』

　仕事ができて包容力のあるタイプだろうか。しっとりした大人の恋が期待できそうだ。

「そんなアルティメットなイケメンがこの世界に残されているなんて、信じられない」

ハートマークを乱舞させる勢いで、ため息を吐いてしまう。

「けど、そんな素敵な人に、私みたいなダメ人間を紹介したら、ガッカリされない？」

『そんなの、バレないから大丈夫だって！　採用面接するんじゃないんだから、ダメ人間かどうかなんてわかんないし。それに織江だって立派なキャリアがあるんだから、自信持ちなよ。大手重工業系ＩＴ企業で、男顔負けのエンジニアやってるんでしょ？』

「いや、契約社員だし、ただの子会社だし、ＩＴエンジニアと名乗ってよいものか……」

『名乗っていいんだって！　私から見たら充分エンジニアだよ。皆、経歴なんて多少盛ってるんだから、しっかりセルフブランディングしなきゃ。嘘吐かない程度にね』

黙りこくって考え込んでいると、取りなすように佐奈が言った。

『そんな深刻になることないって！　唐橋さんの見立てによるとね、その人、動物好きだったり、植物を愛してたり、そういうゆるふわ系女子が合うんじゃないかって』

「ふーん……。動物も植物も好きは好きだけど……」

『アルティメットな彼はね、ずっと男子校だったらしく、いわゆる大学デビューなんだって。女子に免疫なさすぎて、これまでさんざん地雷を踏みまくってきたらしい』

「なにか凄まじい感じがするね……。つまり、女性を見る目がないってことか」

『そう。見るに見かねた唐橋さんが、ひと肌脱いでやろうってわけ。唐橋さん、優しいんだよね。唐橋さんは学生の頃からモテたし、そこそこ遊んでて、もう悟りの境地に到達してるからさ、アルティメット氏に合う女性のタイプとか、一発でわかるらしい』

「なるほどね〜。唐橋さんは、恋愛の達人なんだね」

佐奈の言葉の端々から、唐橋に対する好意と尊敬が聞き取れる。

『唐橋さんのSNSのページ、ちょっと見てみる?』

「うん、ぜひぜひ。どんな人か見てみたい!」

チャットで送られてきたURLをクリックすると、クールなオフロード車の前でモデルばりにポーズを取る、イケメンの写真が現れた。

「うわっ、すごっ……! タグが全部ハイブランドッ……!」

車種のタグに至っては、織江でさえ知っているドイツのブランドのものだ。多くの著名人が乗っているこの車は、たしかウン千万円するはずだった。

他にも、購入したブランド品の数々、見るからに高級そうなディナー、月収が吹っ飛ぶワイン、半裸で筋トレ中の肉体美、華やかなパーティー、芸能人とのツーショット、自宅インテリアらしき美術品、世界中を旅している様子など、リア充ここに極まれりの写真が、これでもかこれでもかと並べられていた。Wikiの「リア充」の項目に、ぜひこの写真群を載せるべきだ。

ミサコさんの飼い犬である、雑種のカハクちゃんとのツーショット写真を載せている織江とは、生きている世界線が違う。

「うーん、唐橋さん、すごいね。これはもうすごいとしか言葉が出てこない……」

しかも、フォロワーはなぜか三万人を超えていた。ド庶民の織江は感心してしまう。

佐奈はうっとりした様子でつぶやいた。

『でしょ？　唐橋さん、カッコいいでしょ？　彼、センスもいいし、スマートだし、優しいの。何回かデートしてさ、これは運命の出会いかもって感じてるんだよね……』

「けど、こんなすごい人たちと呑みに行くだけで気後れしちゃうよ……」

佐奈はあっけらかんと『大丈夫、大丈夫』と、手をひらひら振った。

『ぜひ紹介してって言ってるのは唐橋さんのほうだから。気楽に織江は参加してよ。それに、唐橋さんを織江に会わせておきたいんだよね』

佐奈は唐橋と付き合うつもりで、将来も考えている、ということだろうか。

「わかった。じゃあ、メインは唐橋さんと佐奈だね。私は気楽に参加させていただくよ」

『ぜーんぶ奢（おご）りだし、いいお店アレンジしてくれるらしいから、純粋に呑みを楽しもうよ。美味しいもの食べて、唐橋さんたちにちやほやされよう！』

素敵なお店、素敵なディナー、そして、菩薩のように慈悲深いイケメン……。

不安でドキドキするような、期待でワクワクするような、落ち着かない気持ちになる。

「せっかくだから、気合い入れて行きたいな。私、今、切実に彼氏欲しいからさ……。その、アルティメット氏に会うのも楽しみだし、できればうまくいくといいなって……」

恥ずかしながら本音を言うと、佐奈はうれしそうに何度もうなずいた。

『私も！　唐橋さんのために気合い入れまくる！　服とかメイクとか一緒に準備しよ♪』

「うんうん。いいなぁ～、こういう感じ！」

ひさしぶりの楽しい気持ちに、なぜかジワッと涙がにじんできた。

あれ。なんか、泣ける……。いつも職場でメンタルごりごり削られてるせいかな……。

――せいぜい優しい彼氏でも見つけることだな。まぁ、君には無理だろうけどなぁ。

こうなったら思いきり素敵な彼氏を作り、これまでさんざん馬鹿にしてきた楢浜重工の奴らを見返してやりたい！

妄想はどんどん膨らむ。ある日、彼氏が愛車で織江をオフィスまで迎えに来る。ドイツのメーカーまで行かずとも、それなりに洒落たスポーツカー。成親が見ている前で、颯爽と助手席に乗り込む織江と、ハンドルを握って微笑む彼氏。悔しそうに歯噛みする成親を尻目に、スポーツカーはエンジン音を高らかに響かせ、夕闇に消えていく。

そして、トドメの捨て台詞はこれだ。

「私の彼氏、優しいんですよね。仕事だけの人とは違って」

くぅ～、最高だな！　これぞ、至高のザマァ展開！　想像しただけでスカッとする！

このまま妄想で終わらせてはダメだ。絶好のチャンス、努力して成功を摑み取らねば！

『私、次回までにアルティメット氏のこと、唐橋さんにもっと詳しく聞いておくね』

「うん、よろしく。なんだか気合い入ってきたよ～！　ありがとう、佐奈！」

それから、なにを着ていくかネットで情報をチェックし、遅くまで打ち合わせした。


件の合コンは約一か月後の、七月九日金曜日に決定した。

当日は女性として最高のコンディションで臨みたい、というのが二人の共通の願いだ。

なにを着ていくか？　どんなヘアスタイルにするか？　メイクはどう仕上げるか？

二人は忙しい合間を縫い、通勤電車や休憩中、ランチの間や寝る前のベッドで、こまめにやり取りし、それぞれの予算に合わせたコーデを考案していった。ＳＮＳでトレンドをチェックしては教え合い、メイクの動画を観ながら練習し、オンラインで買えるものは購入しておく。

休日は都内へショッピングに出掛け、服やコスメを買い揃えた。さらに、ヘアサロンでカットとカラーをし、織江は合コン当日にスタイリングしてもらう予約も取った。

仕上げはネイルサロンで、二人はそれぞれ手足の爪にジェルネイルを施してもらった。

織江は貝殻を、佐奈は天然石をモチーフにした、爽やかな夏らしいデザインだ。

会場は赤坂のホテル・モントリヒトの上層階にあるダイニング、マテウスで二十時開始と決まった。ホテル・モントリヒトは、誰もが知る世界的なラグジュアリーホテルだ。噂によると、海外から来日する賓客やセレブたちが利用するらしい。一泊の宿泊費は、織江の月収すべてはたいても、全然足りないと聞いたことがある。

そんな贅沢なホテルにご縁はないけど、興味はあるし、憧れもあった。

緊張するけど、楽しみだなぁ。モントリヒト、一度でいいから行ってみたかったし。

織江は期待と不安に胸をドキドキさせながら、ひたすら仕事を黙々とこなし、成親の嫌味にも歯を食いしばって耐え忍び、忙しない日々を送る。

そして、とうとう待ちに待った合コン当日がやってきた。

「……で？　そのとんでもない大荷物はなんなんだ？　夜逃げでもするつもりか？」

椙浜重工業東京本社ビル一階の社員通用口で、成親は顔を引きつらせて言った。

「夜逃げとか……。するわけないじゃないですか。冗談にしてもつまんないですよ」

織江は軽蔑を込めて言い返し、今にもキレそうな成親から視線を逸らす。

織江の足元には旅行用のキャリーバッグがあった。中には今日着る服や靴、メイク道具が詰まっている。

「なんなんだ、その態度は……。まったく、何回社員証忘れたら気が済むんだよ」

そう言いながら成親は、警備員の差し出したタブレット端末にサインをする。

このビルはセキュリティが厳しく、社員証がなければ中に入れず、忘れた場合は上長が通用口まで出向き、従業員であることを証明してサインをしなければならなかった。

「前から言ってるじゃないですか。今日は超大事なイベントがある日なんです」

織江がボソボソ言うと、成親ははっきり聞こえる音で舌打ちした。

「知ってるわ！　先月から毎日毎日、この日は絶対残業しない、この日は早く帰らせろ、この日はなにより大事な日だ……って延々言われ続けてみろ。嫌でも憶えるわ！」

成親はタブレットを「すみません」と言って警備員に返し、仮社員証を織江に手渡す。

「その浮ついたイベントとやらで頭がいっぱいで、社員証を忘れたんじゃないのか？」

成親に傲然と見下ろされ、織江はそっぽを向き、「どうもすみません」と棒読みした。

相変わらず、成親の電話に叩き起こされる毎日で、朝から瀕死の状態だ。定時にどうにか出社しただけでも奇跡なのに。

「ったく、そのひどい態度はなんとかならないのか……」

渋面を作り、ブツブツ言う成親は今日もパーフェクトだった。パリッとした真っ白なワイシャツ。七三オールバックにした黒髪は一筋の乱れもなく、洒落たネクタイはきっちり締められ、嫌味なほどの清潔感が漂っていた。

一方の織江は寝ぐせだらけの髪。慌てて出てきたせいで、社員証も忘れる始末。けど、一番大事な合コン用のアイテム一式は完璧に持ってきたから！

月曜からキャリーバッグに必要なモノを詰めはじめ、忘れ物がないか毎晩確認し、準備してきたので、ぬかりはないはず。

二人は不本意ながらも肩を並べて歩き、エレベーターホールへ向かう。

「私、今日もこの遅れた分、残業しないとダメですかね……」

織江が恐る恐る聞くと、成親は渋面をキープしたまま答えた。

「まあ、先月からだいぶ頑張ってきたことだし、今日は予定通り定時で帰っていいよ」

あーよかったー！　と大声で叫びたくなる。

今日は定時退社を決め、着替えたその足でヘアサロンへ行き、スタイリングしてもらう。そのあと、モントリヒトに移動する流れで、なるべく余裕を持って進めたかった。

「旅行にでも行くのか？」

成親は大して興味もなさそうに聞き、上向きの乗り場ボタンを押す。

「実は今夜、デートなんです！」

このときなぜか、とっさに見栄を張ってしまった。

いつも成親にバカでオロカな小娘扱いされているのが、癪に障っていたせいだろう。

成親はこちらをチラッと横目で見て、「ほう」と物めずらしそうに片眉を上げた。

「デート。それはそれは。社員証もロクに持って来られないような女と、好んでデートをする酔狂な男がいるとは、世も末だな」

成親はあからさまに鼻で笑って、こう言い足した。

「そういうの、蓼食う虫も好き好きって言うんだ。クソマズイ葉っぱでも、食べる虫がいると」

「は？」

自分でもびっくりするほど低いデスボイスが出てしまう。

ニヤニヤする成親に続いてエレベーターに乗り込みながら、どうにか失礼なこいつに一矢報いてやろうと、織江の頭脳は高速回転しはじめた。

「私の彼、すごく優しいんです。菩薩みたいに慈悲深いっていうか。しかも、芸能人並みのイケメンで、頭もよくて仕事もできて、格好いいスポーツカーに乗ってて、今夜もそれで迎えに来てくれる予定なんです」

成親はまったく興味なさそうに、階層を示す液晶インジケーターを見上げている。

「仮に私がクソマズイ葉っぱだとしても、華の金曜日に予定がない人よりはマシです。生き甲斐も楽しみも仕事しかないなんて、可哀そう。クソマズイ葉っぱ以下ですね、それ」

すると、成親は不機嫌そうに答えた。

「……予定なら、ある」

今度は織江が両眉を上げ、大げさに驚く。

「ええぇっ？　ほんとですか？　めずらしっ。まさか……デート⁉︎」

「デートじゃないわ。一緒にすんな！」

成親はますます険悪な顔になり、ブツブツと補足した。

「君にはわからないだろうが、この歳になると周りがうるさいんだ。早く結婚しろだの、彼女いないのかとせっつかれ、いい方を紹介しましょうなんていう輩(やから)まで現れる」

「いいじゃないですか、紹介してもらえば。私なら大喜びでありがたく受けますけど」

成親は大仰にのけぞり、おまえはバカか？　みたいな顔をした。

「そんなことしたら、後処理が大変だぞ。親切もむげにはできないし、先方だって期待するだろうし、どうせ断るのに厄介ごとが増えるだけじゃないか」

先方だって期待する？　なにそれ、すごい自信……。

紹介された相手に漏れなく気に入られてきたんだろうか？　たしかに見た目だけは超イケメンだし、猫を被らせたら右に出るものはいないし、きっと相手の女性はまんまと騙されたに違いない。この抜群すぎる容姿とイケボに。

「なんか、可哀そうですね。部長とお見合いするお相手……」

同情を示すと、成親は「知るか」と吐き捨てた。

「そのお相手、どんな方なんですか？」

興味本位で聞くと、成親は渋々といった様子で答える。

「インテリで仕事をバリバリこなす、大人のキャリア女性らしい。詳細は知らないが」

「へー。部長って、バリキャリ女子がお好きなんですか？」

「別に。好きもなにもない。女なんて大して変わらんだろ。総じて面倒くさい」

脳裏に、いかにも頭の切れそうなアラサー美女のイメージが浮かぶ。

このワーカホリック鬼メガネにバリキャリ女子か。なかなかお似合いじゃないですかね。にしても、お見合いとかしないといけないのか……。大変だな〜。

とはいえ、自分には一ミクロンも関係がない。

いよいよ今夜は待ちに待った合コンだ。余計なことに煩わされず、楽しまなきゃ！

「頑張ってくださいね〜」

まったく心を込めずに言うと、成親はどうでもよさそうにフンッと鼻を鳴らした。

シャットダウンをクリックし、電源が切れたのは十七時三十分ちょうどだった。

すでにデスク周りの整頓も終わっている。あとはバッグを手に席を立つだけだ。

「持田さん、頑張ってね。一世一代のチャンス、ぜひ摑んでね」

パソコンのモニター越しにニコニコする王皓に、織江は力強く親指を立ててみせた。

同郷出身でラブラブの彼女がいる王皓は、心に余裕があるゆえシングルに優しい。

織江は今日の合コンに掛ける情熱を事あるごとに語っていたので、人のいい王皓は応援してくれていた。

さあ、いざ出陣だ！

ワークエリアを横切ると、席に座った成親が「お疲れ」とばかりに目配せしてきた。

「部長。今夜は残業ナシなんじゃないんですか?」

今朝、お見合いがどうとか言っていたような?

「残業しないなんて言ってない。僕は約束の時間ギリギリまで仕事するタイプなんで」

成親はキーボードを叩く手を休めずに言う。

「そうなんですか。それは大変ですね。私は定時で帰ります。お疲れさまでーす」

不機嫌そうな成親を尻目に、織江はスキップする勢いでロッカーに向かった。

すべて予定通りに進み、絶好調だ。コーディングも早く終わり、デバッグしたら奇跡的にエラーゼロ。単体テストの結果も、想定通りの値が出た。天気もいい。気分もいい。肌の調子もいい。

まず化粧室に行き、洗顔して入念にマッサージし、化粧水を肌に馴染ませたあと、指先で下地を叩き込む。

『絶対可愛いフェイス仕上げ』動画を観て何度も練習したから、手順は完璧だ。

色素薄めの織江に似合う、今季トレンドの柑橘系がテーマで、イエローのアイシャドウをぼかし、細いブラシでまぶたのキワにオレンジを差し、マスカラは毛先だけに塗る。

ジューシーレッドのウォータリールージュを唇に載せ、上気した唇のように仕上がった。

女性が一番美しいのはメイクしたての瞬間で、そこからどんどん崩れていく。だから、ギリギリ直前にメイクするのがよい。と、その動画に教えてもらった。

素早くかつ丁寧にメイクを終え、ロッカーに戻ってキャリーバッグを開ける。あらかじめ用意しておいた服に着替え、ほっそりしたサンダルに素足を差し入れた。

爪先を涼しげに彩るフットジェルネイルの、貝殻のモチーフが目に入り、心躍る。

「ヤバイヤバイ。急がなくちゃ！」

急いで表に飛び出すと、エアコンで冷えきった肌を、むわっとした熱気が包み込んだ。

いよいよ夏本番がやってくる。

イヤホンを両耳にねじ込み、スマホの再生ボタンをタップし、軽やかに第一歩を踏み出した。

いつもは灰色にくすんでいる街が、今夜はキラキラと輝いて見える。湿気を帯びた夜気はいつもより優しく、こちらを見下ろす街路灯や高層ビルの灯りが、「さあ、楽しんでおいで」と送り出してくれているようだ。

両耳で響き出すのは、ヒロインが映画みたいな恋に落ちていく、流行りのラブソング。

もしかしたら、私にもワンチャンあるかも。素敵な大人の恋が始まってしまうかも？

それはもはや確信に近いもので、かつてないワクワクに胸がはちきれそうで、駅に向かう歩道の上で、クルクル回って踊り出したくなった。

そうだ。なぜ、毎日辛い仕事に耐えているのか？

なぜ、毎朝苦手な早起きをし、毎晩黙々と残業し、上司の嫌味を我慢して、なかなか成果の上がらないダイエットを頑張り、給与明細を睨みながらせっせと節約しているのか？

それもこれも、すべてはこの日のためだ。

きっと幸せになれる。頑張っていれば、いつか私にも、夢みたいな夜が訪れる。

そう信じているからこそ、しんどい毎日をどうにか生きられた。

すべてはこの、ハレの日のために用意されているのだと、信じているのだ。

そのあと、表参道に移動し、ヘアサロンでアップスタイルにアレンジしてもらい、鏡に映る自分を見たとき、高揚は最高潮に達する。

「わー、すごい可愛いです！　とっても似合ってますよ。映え映えですね！」

スタイリストはお世辞を言ったのかもしれないけど、我ながら抜群に垢抜けて見えた。

イエローオレンジのアイメイクはふんわり抜け感があり、貯金をはたいたルースパウダーのおかげで肌に透明感が出ている。ルーズアップにしたヘアスタイルと相性抜群で、はらりと鎖骨に落ちたおくれ毛がセクシーさを醸し出し、ＳＮＳで見るモデルみたいにぐっとオシャレに見えた。

仕上げに大ぶりのピアスをつけると、今から海外リゾートに遊びに行く、キレイめセレブ女子みたいだ。

す、すごい……。こんなの、私じゃないみたい……。

まるで監獄のような開発室に閉じ込められ、迫る納期と上司の嫌味に発狂しつつ、黙々とキーボードを叩き続ける、ゾンビ化したいつもの織江はどこへやらだった。

そして、二十時五分前。

とうとう織江は赤坂のラグジュアリーホテル、モントリヒトのエントランスに立った。

うわあああ……。高くて、デカくて、ひっろ～い！　ダ、ダイナミックッ……！

ロビーは、ずどんと吹き抜けになっており、天井が驚くほど遠い。

高いところでゆっくり上下している光るカプセルは、たぶんエレベーターだろう。

奥にフロントデスクらしきものがあり、中央には月を模した前衛的な巨大オブジェが鎮座し、洒落たルーフのあるバーカウンターが設えられ、ゲストたちはめいめい飲み物を呑みながら、ゆったりしたソファでくつろいでいる。

ゲストは富裕層らしき外国人ばかりだった。聞こえてくるざわめきは異国の言葉だ。

はるか上空から、目と鼻の先までぶら下がっている装飾が、ひと際目を引いた。ストリングカーテンと呼んでいいのか、それは降り注ぐ南国のスコールみたいで、上品なクリスタルがあしらわれ、時折、それがプリズムみたいに幻想的な輝きを放つ。

映画の豪華絢爛な舞台セットに立つ、女優になった気分だった。

すっごーい……！　こんなにオシャレな、こんなに素敵な場所、ある？

織江は田舎者丸出しで、口をポカンと開けて上空を見上げ、棒立ちになってしまう。

佐奈からのＳＮＳ通知音で我に返ると、【パウダールームに来て】と指示された。

ロビーを歩くとき、背筋をしゃんと伸ばし、踏み出す脚の形に気を配ってしまう。

「織江！　こっちこっち」

見ると、大人っぽいグリーンのワンピースに身を包んだ佐奈が手招きしていた。

「ごめんごめん、お待たせ！」

と言いながら入ったパウダールームも、目を見張るほどゴージャスだ。ピカピカに磨き抜かれた鏡と洗面台。惜しみなく配されたアメニティ。地中海リゾートのグラビアで見たことのある、石灰岩のようなサラリとした石材が敷き詰められ、それを淡いオレンジの間接照明が照らし、スーパームーンのような色合いの空間が演出されている。

二人はスマートなスツールに腰掛け、鏡を見ながらメイクの最終チェックをした。

「とりあえず、五分オーバーで現地に入るから。女子はほんの少し遅れて行くのがよき」

と言う佐奈の言葉に、織江は「ＯＫ」とうなずく。

「食事中はあまりしゃべらない。なるべく聞き役に徹し、微笑むときは歯を見せない」

「それは大丈夫。事前の打ち合わせでも言われてたから、お家で練習しといた」

「ロビーからマテウス直通のエレベーターがあるから、それに乗ったら本番開始ね」

「把握です。ああー、なんだかすごく緊張してきたー！」

撮影本番を前にした女優も、こんな気持ちだろうか？

さらに佐奈の次の一言で、織江のドキドキは頂点に達した。

「唐橋さんとアルティメット氏、二人とも到着してもうお店にいるそうだから」

いよいよ、アルティメット氏と……！

エレベーターに乗った瞬間、武者震いに襲われ、逸る鼓動をどうしても抑えきれない。

どんなに素敵な人なんだろう？　きっと、息がとまるほどの美形で、超オシャレでセンスもよくて、物静かで慈悲深くて、セクシーな大人の男性なんだぞ……！

妄想の中のアルティメット氏は、織江の大好きな実力派美形俳優に置き換わる。

正直、すでにもう恋に落ちていた。

今夜、もしアルティメット氏に気に入られれば、この灰色の人生が激変する。独り寂しい夜は終わりを告げ、週末の予定はデートで埋まり、これまで彼氏がいないことをバカにしてきた奴らを、思いきり見返してやれる！

栖浜重工という監獄にいる、亡者の群れから解き放たれ、ようやく幸せになれるんだ！

エレベーターのリーンという音とともに、織江の脳内で勝ち確ＢＧＭが鳴り響いた。

「いらっしゃいませ。八坂様ですね？　お連れ様がお待ちです」

シックな黒い制服を着たスタッフに案内され、まるで深い海の底のような通路を歩く。

ちょうど、この建物の角に位置する奥まったところに、ひっそりとした個室があった。

「こちらです。どうぞ」

という言葉とともに、すりガラスのドアが開かれる。

パアッと眼前に広がる、素晴らしい夜景。視界の端で二つの影がさっと立ち上がる。

「こんばんは。来てくれてうれしいよ」

そう微笑んだのは唐橋だとすぐわかった。SNSの写真より実物のほうがイケメンだ。

「ちょっと遅くなっちゃって、ごめんなさい」

そう言う佐奈に付き従って個室に入り、いよいよ唐橋の隣に立つ男性と対面した。

そこで、思わず息を呑む。

えっ……。嘘……でしょ……？

目の前の光景が信じられず、今立っている地面がグラリと傾く心地がした。


「こちら、私の高校時代の同級生の、持田織江さん。同じテニス部だったんです」

なにも気づかない佐奈は、にこやかに紹介してくれる。

「はじめまして、唐橋浩太郎(こうたろう)です。佐奈ちゃんから聞いてたけど、とても綺麗なかたですね」

イケメン唐橋の歯の浮くようなセリフも、棒立ちの織江はまったく反応できない。

……嘘だ……まさか……。そんなことって、ある……？

織江は足元の絨毯（じゅうたん）を親の仇（かたき）の如く睨みつけながら、床から壁から天井までが、このホテルのみならず世界全体が、ガラガラと音を立てて崩れ落ちていく気がした。

のろのろと視線を上げると、眼前の男の左目の涙袋が、ヒクヒクッと痙攣するのが目に入る。

「こちら、山之前成親。俺の大学時代の親友。今はメーカーでディレクターをやってる」

唐橋が爽やかに紹介したというのに、成親はただ顔を引きつらせている。

——大手メーカー勤務の三十二歳。ディレクタークラスだって。

最初のビデオ通話で佐奈はそう言っていた。たしかに嘘はないけれど……。

メーカー……メーカーねぇ。メーカーって幅広いよね。おにぎり作るのも棺桶（かんおけ）作るのもロケット作るのも、全部メーカーという括（くく）りだし。楢浜重工もそりゃメーカーだわ。

その場でそっぽを向き、「ケッ」と吐き捨てたくなるのを、かなり努力して我慢した。

「山之前さん、はじめまして。唐橋さんのおっしゃってた通り、素敵なかたですね！」

両手をポンと可愛く合わせた佐奈の声は、心から絶賛しているように聞こえる。

成親は織江より立ち直りが早く、心を落ち着かせるように中指でメガネのブリッジを押し上げ、「どうも……」とつぶやいた。

脳内で、グワァングワァンと呪いの鐘が鳴り、目眩（めまい）に襲われる。

本当は、この個室に入って二秒でなにが起きたのかを把握していたのだ。

ただ、あんまりだと思った。あまりにも酷すぎる。目の前にあるこの現実をひとたび認めてしまったら、すべてが終わってしまう気がして……。

「織江さん、こんなに可愛いかたなのに、男顔負けのスキルをお持ちのＩＴエンジニアだなんて、格好いいですね。さ、どうぞ座ってください」

唐橋に勧められ、ふらふらとアームチェアに座り込んだ織江を待っていたのは、成親の嫌味なまでの笑顔だった。

「ほう。男顔負けのスキルですか。そりゃすごい」

「織江さんは大手重工業系のＩＴアーキテクトをされていて、大規模プロジェクトばかり担当してきたキャリアをお持ちで、信頼できると顧客からの評価も高いそうだ」

唐橋が成親に説明すると、佐奈が「そうなんですよ～」と笑顔で調子を合わせる。

ＩＴアーキテクト？　たしかにプログラムの詳細設計を、一応してはいるけどさ……。実際は偉そうなＳＥやコンサルに小突かれながら、涙目でよくわからない業務のよくわからないプログラムを直している毎日だった。

佐奈……。私の経歴をちょっと……というか、だいぶ盛りすぎでは……？

けど、佐奈が見栄を張りたくなる気持ちもわかる。唐橋は見るからにデキるビジネスマンオーラを強烈に放っており、少しでも釣り合いを取りたかったに違いない。

「それはそれは、素晴らしい！　そんな織江さんに比べたらガキの遊び以下ですが、僕も多少ＩＴ系に携わっておりますので、ぜひお話を聞かせて欲しいですね」

成親は暗黒微笑をし、テーブルに両肘をつき、悠然と両指を組み合わせた。

「それじゃ、まず、乾杯しようか」

唐橋の言葉にテーブルを見ると、シャンパンが注がれたグラスが置いてある。

透き通った黄金色の液体の中を、小さな泡が一粒ずつ立ち昇っていく様が、綺麗だな、と切なくなった。

……結局、全部無駄だったんだ。

ひどく悲しい気持ちでこれまでを振り返る。

ドキドキワクワクしすぎて、何度眠れない夜を過ごしただろう？

毎晩、遅くまでファッションのトレンドを調べ、動画を観ながらメイクの練習をし、なけなしの貯金をはたいて服もコスメも買い揃え、ヘアスタイルも変えてネイルもやった。

今夜のための軍資金を……と、歯を食いしばって辛い深夜残業も耐え、折れそうになる心を懸命に鼓舞し、アルティメット氏との素敵なデートを夢見て、鏡の前で可愛い笑顔を研究し、脳内で数えきれないほどシミュレーションもしてきたのだ。

ほんの少しでもいいから、綺麗になりたいな。

彼をがっかりさせたくないから、頑張らなくちゃ。

という気持ちは純度百パーセントの、かつてないほど真剣な乙女の祈りだった。

……それなのに。

「それじゃ、俺たちの出会いに！」

唐橋の一声で、織江はロボットの如く無感情にグラスを合わせる。

正面に座る成親は意地悪な笑みを浮かべ、ひどく愉快そうに言った。

「いやー、楽しみだなぁ！　今後のＩＴ業界の動向についてぜひ、経験豊富なＩＴアーキテクトである織江さんのご意見をうかがいたい。参考になりそうだなぁ！」

……は？

即座にテーブルを蹴り上げてひっくり返し、シャンパンの瓶を逆さまに引っ掴み、それを成親の頭へ力いっぱい振り下ろし、窓ガラスに向かってダッシュして、両腕を顔面でクロスさせ、パリーンッ！　と割って外へ飛び出し、そのまま地上へダイブして墜落したい衝動に駆られた。

そもそもなぜ、さっきからこの人は見知らぬ他人の振りを続けているの？　自分は楢浜重工の社員で、織江は出向先であるナラシスの契約社員だと、説明すればいいのに。

「さあ、織江さん。なにを頼まれますか？」

成親がニヤニヤしながら、メニューをこちらに差し出してくる。

その、ムカつくほど綺麗に整列した白い歯を見ていたら、腹の底からゴボゴボ……と、どす黒いモノが込み上げてきた。それが体の隅々まで行き渡っていき、毛細血管までもが黒々とした感情に染め上げられていく……。

……クソが。

キレイめセレブ女子らしからぬ暴言を内心吐いたとき、完全に己の身がどす黒いモノに乗っ取られたのを悟った。

ああ……。人間がダークサイドに堕ちるときって、こんな感じなのかも……。

頭の片隅でそんなことを考え、自分の中で渦巻く漆黒の闇の中心で、なにかがゆっくりとまぶたを開けていく……。

……こんな世界、もう滅んでしまえばいい。

こうして闇は完全に覚醒した。冥闇暗殺者（ダークシェードアサシン）・オリエの爆誕である。

織江は凝りをほぐすように、ゆっくりと首を左右に傾げ、ポキッ、ポキッ、と順番に鳴らした。

……いいでしょう。そっちがその気なら、こちらもとことんやるまでよ。生きとし生けるものすべて死に絶え、この地球が焦土と化すまで、徹底抗戦いたしましょう。

「ありがとうございます。じゃ、遠慮なく注文させていただきますね！」

織江は完璧なスマイルを作って言い、受け取ったメニューのページを開く。

「どうぞ、なんでも頼んで。ここ、フレンチベースだけど、いろんな多国籍メニューがあるんだ。せっかくだからアラカルトを頼んでシェアしよう」

なにも知らない唐橋がそう言い、ウェイターを呼んでくれた。

「えーと……。それじゃ、天使の海老と豚と洋梨のプレッセ、伊達鮪とアボカドの和風コンディメント、宗谷産帆立貝のパピヨット、海ぶどうと信州産サーモンの軽いスモーク、オマールブルーのサラダ仕立てキャビア添え、フランス産鴨フォアグラのポワレ、香川県産オリーブ鶏肉のグリル、季節の鮮魚と蕪と黒トリュフ、黒毛和牛テンダーロインステーキ、イベリコ豚スペアリブのスモーク味噌、明石産鮑のソテー香草ソース、あとは洋梨キャラメルとポルチーニティラミス、マカロンショコラと苺チョコロールケーキもください」

そこまでひと息に言って、さらにワインリストを指差してみせる。

「ここにある、フランスのシャンパン・ブリュットをボトルでお願いします」

ちなみに値段はびっくりするほど高いけど、知ったこっちゃない。どうせ成親たちが払うのだ。

ダイエット？　どうでもいい。すべての努力が水の泡と知った今、守るべきものはなにもない。

ヤケクソ気味にシャンパングラスをあおり、中身を一気に飲み干した。

見ると、唐橋と佐奈は揃ってポカン顔をし、成親は顔を引きつらせている。

「あれ？　お料理、足りなかったですか？　もっと頼みます？」

わざと聞くと、唐橋はさらりと「もういいよ。ありがとう」と紳士的に答えた。

もちろん、値の張るものばかりをオーダーしたつもりだ。今夜中に山之前成親を破産させる……まではさすがに無理だとしても、せめて一太刀浴びせてやらねば気が済まない。巻き込まれる善良な唐橋には申し訳ないが、これは戦争なのだ。多少の犠牲は仕方ない。

そんなこちらの意図を察したのか、成親はますます凶悪な表情で睨みつけてきた。

そのすべてを無視し、敢えて最高の笑顔を作り、「そういえば……」と切り出す。

「山之前さんはとても優しいかただと、佐奈からうかがっていました。本当に、噂通りのかたですね！　もう見るからに、とってもお優しそうで……」

これを宣戦布告と受け取ったのか、成親も気味が悪いほどの笑顔で、反撃してきた。

「僕も浩太郎から、織江さんが業界随一の有能なかただとうかがっておりました。きっとインテリで大人な女性なんだろうなと思っていましたら、想像通りのかたでしたよ」

「わー、さすが山之前さん。お世辞がお上手ですね♪」

はっはっはっ、ふっふっふ、と二人は楽しそうに笑い合う。

……が、その目はまったく笑っていないことに、お互いが完全に気づいていた。

そこで、前菜がいくつか運ばれてきて、テーブルは華やかな皿で埋め尽くされる。

表面上は和やかなムードになり、ほっと安堵した顔の佐奈が話に入ってきた。

「山之前さん、お仕事のほうはどうです？　ディレクターともなるとお忙しいですか？」

成親は憎らしいほど優雅な所作で、プレッセを切り分けながら答えた。

「ぼちぼちですね。ちょっと今、深刻な人材不足でして、できれば中心になってプロジェクトをけん引してくれる人を探しているところです」

そこで、成親はナイフを操る指をとめ、「あ、そうだ」とわざとらしい声を上げる。

「ぜひとも、織江さんのような優秀なかたに、弊社に来ていただきたいです。きっと鋭い現状分析と圧倒的なＩＴスキルで、プロジェクトを成功に導いてくれるでしょうから！」

成親の放つミサイルがこちらへ飛んできて、織江は即座に迎撃ミサイルを発射した。

「とても光栄ですが、条件がつきものですよ。長時間労働に低賃金、上司が部下にネチネチ干渉してくるような、パワハラが横行するブラックな職場では、とてもじゃないけど働けませんから。山之前さんの職場で、そんな可能性はゼロでしょうけど！」

「もちろんですよ」と答える成親の左の涙袋が、ヒクッと痙攣したのは見逃さなかった。

そこへ唐橋が、場を盛り上げようと会話に参加してくる。

「今、成親の奴、悩んでるらしいんです。とんでもない部下がいるらしくて……な？」

佐奈が「それ！」と言い、興味津々に身を乗り出す。

「サラッとだけ聞きました。とんでもないって、どんな感じなんですか？」

この質問には成親の代わりに、唐橋が答えた。

「なんでも、毎朝遅刻してくるらしいんです。しかも、理由が起きられないからで……。

まともに出社するのは、月に二日もないんだとか」

「えええ？　なにそれ。超ヤバくないですか？」

佐奈が驚きの声を上げると、唐橋は「だろ？」と話を続ける。

「しかも、無礼で態度が悪くて、悪口を書いたDMをわざと送信してくるんだとか」

「うわー、遅刻常習犯な上に、それ？　山之前さん、可哀そう……」

「話し掛けても無視するし、ずーっとブスッとした顔をしているらしいんです」

「やだー、ひどい。それって、女の人なんですか？」

同情的な佐奈の質問に、成親は勝ち誇ったようにこちらを見下して答えた。

「ええ、女性です。今夜も急ぎの業務があったんですが、デートだからと定時で帰っていきました」

「最低。図々しいっていうか、非常識。そこまで行くともうつけるクスリなさそう……」

と、佐奈は顔をしかめる。

「その女性、やる気ないんだろうね。そんなにひどい話、聞いたことないよ……」

と、唐橋は眉をひそめた。

なにも知らない唐橋と佐奈の無邪気なツッコミに、心が引き裂かれそうだった。

三人の波状攻撃に追い込まれ、己の体から黒い瘴気（しょうき）が立ち昇っていく心地がする。

そこで、佐奈が化粧直しに行くのか、「ちょっとごめんなさい」と席を外した。ほぼ同時に唐橋のスマホが鳴り、「失礼。電話してくる」とこれまた席を外し、成親と二人きりで残される。

織江は出入口を振り返り、唐橋と佐奈がいないのを確認してから、まくしたてた。

「ちょっと、今のなんなんですか？　最近は毎日定時出社してますが？　この間のＤＭだってわざとじゃないし、今日だって帰っていいと許可したのは、部長じゃないですか！　私、ちゃんと事前に伝えてましたし、そのために深夜残業もしましたよね？　無礼で態度が悪いって、私のことですか？　部長じゃなくて？　そもそも、いつもキレ散らかしてる怖い人を相手に、愛想よくしろとか無理なんですが？」

「……は？」

ふてぶてしさを隠そうともせず、成親はうなるように言った。

「定時出社したのは、せいぜい三週間程度だろ？　あんな失礼なＤＭを上司に送っといて、自分を無礼じゃないとでも思ってるのか？　いつもキレ散らかしてる？　部下がちゃんと仕事してくれればキレる必要ないいんですが？」

「やめてください！　私の言い回し真似するの。そもそも、なんで他人の振りを続けてるんですか？　私をバカにして嘲笑して、嫌がらせしたいからですか？　性格悪いですよ、そういうの」

「別に君のためにやってるわけじゃない！」

成親は吐き捨てたあと、声を潜めてボソボソと補足する。

「浩太郎が……その、君の友達のことをえらく気に入ってるらしいんだ。だから、今夜はあの二人が主役なんだよ。そんな場で僕と君が正体をカミングアウトして、このひどい関係性が露呈してみろ。むちゃくちゃ気まずくなるだろうが。それぐらい秒で察しろよ」

「なら、唐橋さんのためにってこと？　へえー、意外。部長ってちゃんと友達のこととか、思いやれる人なんですね」

「当たり前だろうがっ！」

成親は声を荒げ、「まったく、僕をなんだと思ってるんだ」とブツブツ言っている。

「じゃあ、私もそれに乗ります。今さら佐奈に部長のこと説明するのも、面倒くさいし」

「それでいい。どうせ今夜だけだ。ここを乗りきれば金輪際、プライベートで君に会うこともないだろうからな」

「酔った勢いでぶっちゃけますけど、会いたくもないですしね。別に」

成親は今にもキレそうな顔でこちらを睨みつけ、人差し指を突き立てた。

「……いいか？　君が僕のことを嫌いなのは構わない。だが、君も自分のヤバさを自覚したほうがいい。定時に会社に来られない奴は間違いなく、非常識で、図々しくて、ダメ人間だからなっ！」

非常識、図々しい、ダメ人間、という三連発の弾丸が、織江の胸を撃ち抜く。

ちょうどそこへ佐奈と唐橋が戻ってきて、織江と成親はサッと笑顔を顔に貼りつけた。

会食が再開し、場の空気が和やかに戻るのを待ってから、織江はさりげなく切り出す。

「さっきの話の続きですが、誰かのことを非常識だとか、ダメ人間だとか、レッテル貼りするのはどうかと思いますよ」

サブマシンガンを乱射したい衝動を抑え、そっとスナイパーライフルで狙いを定める。

「いろんな人がいますからね、このご時世。誰から見ても簡単なことを、どうしてもできない人もいるし。ある人にとってはキツいかな、ぐらいのことが、別の人にとっては死ぬほどしんどい、ということもあり得ます。人によって感じかたは千差万別だから、一括りにできないはずです」

ここで、スコープの照準を成親にピタリと合わせ、ひと息に引き金を引いた。

「あ、お優しい山之前さんには要らないアドバイスでしたね。さぞかし、部下思いでいらっしゃるんでしょうから。そんな旧石器時代の差別的なモノの見方、するワケがありませんし」

「たしかに。今って多様性ありきの時代だからね」

調子を合わせてくれた佐奈と、「だよね～」と微笑み合う。

成親はシャンパンを注ごうとしたソムリエを、「僕は呑まないんで」と制してから、邪悪な笑みを浮かべて言った。

「僕の部下に関しては心配要りませんよ。いい人がいるみたいですからね。頭がよくて仕事もできて、高級スポーツカーを乗り回す、芸能人並みのイケメン彼氏らしいです。はっ、あははははっ！」

成親は思い出したように大笑いし、息も絶え絶えに手を叩いている。

織江は羞恥で頬がだんだん熱くなっていくのを、じっと感じていた。

「僕、心配なんですよ。彼女、無人の会議室で植物にブツブツ話し掛ける、妄想癖があるものですから……。そんな男、本当に実在するのかなって……。彼女のイマジナリー彼氏なんじゃないかって、くくっ……！」

成親は堪えきれない、といった様子でテーブルに突っ伏し、肩を震わせている。

メガネを外し、目尻の涙を拭う成親を見ていたら、抑えきれない殺意が湧いてきた。

……ケ〇の穴から指突っ込んで、奥歯ガタガタ言わせたろかいっ……！

聞くに堪えない罵詈雑言を内心で吐く。キレイめセレブ女子にあるまじきことに。

勢いに任せてグラスシャンパンを飲み干し、さらに注がれたものも一気飲みした。

「イマジナリー彼氏のなにが悪いんです？　別に、誰のことも傷つけてないし、誰かの邪魔をしてるわけでもないじゃないですか。なにがそんなにおかしいんですか？　バカみたいに笑って」

そして、ソムリエにワインリストを乞い、高価な白ワインを探す。名前もロクに見ずに、

「これをボトルで」と頼んでから、効果的に微笑む。

「イマジナリー彼氏に、害はありません。少なくとも、女に興味ないなんて顔をしながら、金曜夜に都心のホテルの高層階へ、金にモノ言わせて若い女性を連れ込んでいるおっさんよりは、はるかに無害です」

「ほー、金にモノ言わせてとは心外だな。うまいものと金に釣られて、ホイホイやってきてるのはむしろ、そっちじゃないか？」

「女は総じて面倒くさいなんて言いながら、こんなところで遊んでるほうがよっぽど性質悪いですよ。だったら、見た目チャラ男で遊んでるほうがマシです。嘘を吐いてない分、誠実だから」

「君に誠実さについて説教されたくないね。さて、本当の嘘吐きはどっちかな？」

「菩薩のように慈悲深い？　どこが？　本気で言ってます？　ヘソでお湯が沸きますよ」

「それを言うなら、ヘソで茶を沸かすな。慣用句もまともに使えない女のどこに、インテリの要素があるんだよ？　ステータスを盛るなら、もう少し実態に寄せておけよ」

「また揚げ足取りですか？　ほんと、人に恥をかかせるのが好きですよね。人って老けるとなんですぐマウント取りたがるんだろ？　こういう中年には絶対なりたくないの、お手本ですね」

「は？　まだ、君に老けたと言われるほどの歳でもないんだが？　安心してくれ。今は若さしか取り柄がなくても、すぐに賞味期限が切れてなんの取り柄もなくなるから」

成親と激しい銃撃戦を繰り広げながら、頭の芯がスーッと冷えていく。

あー……。今まで生きてきて、今夜が一番死にたいかも……。

ほんの一時間前までパラダイスにいたはずなのに、もうなにも思い出せない。なにをあんなにドキドキワクワクしていたんだっけ……？

ロマンティックな都会の夜景。

オシャレな高層階のダイニング。

うっとりするほど芳醇なワイン。

ほっぺたが落ちそうな高級ディナー。

あんなに憧れて焦がれていたものが目の前に揃っているのに、心は殺伐とした荒野みたいだった。今すぐこのすべてを爆破して、粉々に砕いてしまいたい……。

成親のこめかみの青筋を目に映し、織江は虚ろな気持ちでワイングラスを傾けた。


「気のせいかもしれないけど、なんかバチバチにやり合ってなかった？　山之前さんと」

パウダールームで並んで手を洗っていると、佐奈が聞いてきた。

「えっ？　そんなことないよ？　そんな風に見えた？」

織江がすっとぼけて返すと、鏡に映る佐奈は「いや」と首をひねっている。

「途中から、唐橋さんの話に夢中になっちゃってさ、織江たちのほうにあんまり注意してなかったんだよね。だから、断片的に聞いたんだけど、バチバチだったような……？」

「そんなことないよ。それより、唐橋さんといい感じだったね！　見るからにいちゃラブカップルだったよ。二人でうっとりしながら、二人だけの世界に行っちゃってさぁ」

佐奈は恥ずかしそうに「うそ～！　やっぱり？」と満更でもなさそうだ。

「けどさ、山之前さんも、めっちゃイケメンだったね！　あのエキゾチックなお顔……美しいな～！　美意識高い唐橋さんが推すのわかる。海外のグラビアモデルみたいだった」

「ははは。顔はいいよね。顔だけはね」

「しかも、顔ちっちゃ！　背ぇ高っ！　脚長っ！　スタイルすごっ……みたいな。唐橋さんもそうだけど、あの人たち、ちょっと一般男子とは違う雰囲気あるよね」

織江はハンドソープを泡立てながら、「そうだね」と気のない返事をする。

「織江はどうなの？　山之前さん、ダメだった？　合わなかった？」

「うーん、可もなく不可もなくって感じかなぁ？」

すると、佐奈は「嘘っ？　なんで？」と非常に驚いている。

「まさか、顔が不満？　スペック不足？　あんなにすごい人、あまりいないと思うけど」

「いやいやいやいや。私にはもったいないぐらいの人だけど、こういうのって相性だからさ」

そう話を合わせながら、織江は軽い疲労を覚えていた。

「まー、相性はあるよね。それより、このあとどうする？」

「私はこの辺で帰ろうかなって。ここからは、唐橋さんと佐奈の時間でしょ」

「織江ー！　ありがとう～！」

佐奈は満面の笑顔で喜んでいる。

結局、今夜すべてを手にしたヒロインは佐奈だった。織江はヒロインのハッピーエンドを演出する、脇役に過ぎなかっただけで……。

せめて、佐奈が幸せになれてよかったかな、と素直に思う。なんとなく、こうなることが実はわかっていたような、あきらめにも似た気持ちだった。

期待すれば裏切られる。

これまでの人生、ずっとそうだった。これからも同じことが起こり続けるだけだ。

「織江、山之前さんが家まで送ってくれるって。彼、車で来てるらしい」

スマホを見ながら佐奈が言った。唐橋とSNSでやり取りしているらしい。

「いやいや。いいって。一人で帰れるから。私のことはもう、気にしないで」

固く辞退しようとすると、佐奈が「けど……」と顔を曇らせた。

「唐橋さんが絶対送らせるって。一人じゃ危ないからダメだって。あの人いつも、帰りは送ってくれるか、タクシーに乗せてくれるんだよね」

このときほど、唐橋のジェントルマンっぷりを迷惑に思ったことはない。

そんなこんなで、佐奈は唐橋に誘われて上階にあるバーに移動し、織江は結局、唐橋の申し出を断りきれず、成親に車で送ってもらう流れになった。

やる気満々だった佐奈は、今夜は唐橋と過ごすつもりなんだろう。特に心配はしていなかった。二人とも、もういい大人なのだから。

酔ってふらつく足でホワイエに出ると、エレベーターホールに立つ成親の姿が目に入る。すらりと伸びた上背。股下何センチ？　と目を見張ってしまうほどの、スレンダーな長い脚。たくましい肩幅に、バランスのいい小顔は、たしかに佐奈が「スタイルすごっ……」と絶賛するのもうなずけた。

淡く照らされた大理石の壁に、背中から寄り掛かり、スーツのポケットに左手を突っ込み、少し乱れた黒髪がひと筋、額に落ちているのが色っぽい。視線は床に落とされ、高い鼻梁と物憂げな横顔が美しく、織江は思わず足をとめた。

気配に気づいたのか、成親はふと顔を上げ、こちらに一瞥を投げる。そして、耳を澄ますように首を少し傾げ、ポケットから車のキーらしきものを取り出し、チャラチャラと振ってみせた。

めちゃくちゃ気障ったらしい仕草なのに、成親がやるととびきり絵になっている。

普段、会社で見ている成親とはまったく違う、ワイルドな一面を垣間見てしまった気がして、異様にドキドキした。

……やば。私、相当酔ってんのかな？　部長がすごいカッコよく見えちゃった……。

逸る鼓動を酔いのせいにし、成親を無視して素通りし、下向きの乗り場ボタンを押す。

「ひ、一人で帰れますから。送ってくれなくて、いいですよ」

なんだか呂律もうまく回らない。

「そういうわけにはいかない。浩太郎に任されたからには、きっちり約束は守らないと」

気怠そうに言う成親に、後ろから押されるようにしてエレベーターに乗り込んだ。

エレベーター内は無人で、音もなく扉が閉まった。

「まったく、最悪の夜だ……」

成親は斜め上を睨み、絶望的につぶやく。

このときばかりは、織江も「同感です」と言わざるを得なかった。

「どうせ嫌々送るんでしょ？　無理して送らなくていいですよ。私だって嫌ですし……」

斜め後ろに立つ成親が、近すぎるのがやけに気になる。すっぽり覆われるほど大きな彼の体と、今にも肩や腰が触れ合いそうだ。

「泥酔した女の子を放り出すワケにはいかねぇだろ。部下の安全は、上司である僕が守る義務がある」

「な、なんか……部長。いつもより言葉遣いが乱暴じゃないですか？」

するると、成親はつと顎を下げ、織江の耳元でささやいた。

「僕は元来、そういう人間なんで。今は僕の、完全にプライベートな時間だからな」

意味深なほど色っぽい声音に、心臓が跳ね上がる。

プライベートって……。今さっき、上司だの部下だの言ったばかりじゃないですかっ！　というツッコミも声にできないぐらい、ドキドキしてしまった。

すぐそばに、引き締まった体の熱を感じ、お腹の下辺りがウズウズする心地がする。なぜかそれが嫌じゃなくて。もっと近づいて、その熱をしっかり感じてみたくて。

振り向きざまに、ガバッと抱きついたらどうなるかなと妄想しかけ、織江はとっさに頭を振った。

ヤバイヤバイ。これは、かなり酔ってるかも。部長とどうにかなりたいと思うなんて、絶対ないないないない……！

頭の中がふわふわし、まるでピンクの雲の上を歩いているようだ。眠ってしまいたいような、もう少し起きていたいような。今はあまり難しいことを考えたくない……。

そのあと、どこをどう移動したのかまったく憶えておらず、気づいたら、ピカピカに輝く高級外車の横に立っていた。

成親は忠実な執事のように、右側にある助手席のドアを開け、エスコートしてくれる。

「今夜はセダンで来たんだ。君の好きなスポーツカーじゃなくて悪かったな」

成親は冷ややかに言い、ぐるりと運転席のほうに回る。

「……スポーツカーもお持ちなんですか?」

織江はシートベルトを締めて聞き、左ハンドルの車に乗るのは初めてだと気づいた。

革張りシートから漂う、レザー独特の香りは、大人の世界に入るような緊張感が伴う。

成親は乗り込んだ瞬間、「酒臭っ……!」と顔をしかめ、運転席に座ってから答えた。

「持ってるよ。正確にはスポーツカーじゃなくて、スポーツクーぺな」

「クーぺ? スポーツカーとなにが違うんですか?」

成親はこちらに流し目をよこし、「答えるのが面倒くさい」と冷淡につぶやいた。

なんか、素の部長って、冷たくない? ちょっとワガママで自己中っぽいというか。

仕事で質問すればいつも丁寧に教えてもらっていた手前、本性のギャップに戸惑ってしまう。

成親はタッチパネルを操作しながら、「住所は?」とぶっきらぼうに聞いてきた。

「あ、駅でいいです。南千住駅で」

「いいから早く、住所を言えよ」

有無を言わせぬ成親の口調に、つい番地とアパート名まで申告してしまう。

そうして、車は音もなく滑り出し、外堀通り(そとぼりどお)りを新橋(しんばし)方面に向かって走りはじめた。

座り心地が最高のシートに身を沈め、そっと左側を盗み見る。

やってきては去っていく道路灯が、成親の整った美貌を次々と照らしていく……。

……すごく、綺麗な人だな……。

純粋に称賛の気持ちが湧く。精巧に作り上げられた芸術品みたいだ。

「部長って、そんなに格好いいのに、なんで彼女いないんですか？」

気づくとそんなことを口走っていた。

「……格好いい？　なんだよ、急に。お世辞か？」

成親は嫌そうに言う。

「いえ、率直な疑問ですけど。なんか、女性に不自由してなさそうだなーって」

「別に。縁がないだけだ。そもそも、僕は忙しいんだ。そんなこと考える余裕がない」

「そういえば、ずっと男子校だったって本当ですか？　大学デビューだったとか」

成親は「大学デビュー？」と眉をひそめ、こう答えた。

「なんか失礼な言いかたに聞こえるが、まあ、初の共学だったからな。大学が」

「ふーん、大学で遊んでたワケですか。いいなぁ。サークルとか入ってたんですか？」

大学生で遊ぶといえばチャラいサークル、というイメージが織江の中にある。

「サークル？　入ってたよ」

「なんのサークルですか？　テニスとか？　旅行サークルなんかもあるらしいですね」

成親は正面を睨んだまま、ブスッとして「将棋」とつぶやいた。

声が小さくてうまく聞き取れず、織江は身を起こして「ショーギ？」と聞き返す。

「だから、将棋だよ。しょ、う、ぎ」

「将棋？　マジですか？　歩とか金とか、竜王とか魔王とかの、あの将棋ですか？」

「そうだよ！　ちなみに、魔王なんてないからな」

成親は「まったく、バカにしてんのか……」とブチブチ言っている。

へえー将棋かぁ、と意外性に驚く。さすが真面目な部長。すごいなと感心した。

自分にはない特技や才能を持っている人は、素直に尊敬してしまう。

「事前に唐橋さんから私のこと、インテリで大人の女性だって聞いてたんですか？」

「まあな。バリバリ仕事のできる、かなりの美女だと聞いてたな」

急に恥ずかしくなる。きっと佐奈がモリモリに盛って、唐橋に伝えたに違いない。

「なら、がっかりしたでしょうね。私みたいなのが現れたわけだから……」

「まったくだ。どれほど教養のある美女が来るのかと期待してたら、ダメな部下が来た」

もはや反論する気力もなく、織江は力なく「ははは……」とうなだれる。

「君だってがっかりしただろ？　菩薩みたいなイケメンが来ると思ったら、僕だったんだから」

「はあ、まあ……。イケメンのくだりは、あながち間違いじゃないですけど」

すると、成親はこちらをチラッと見て、ボソボソと付け足した。

「ま、僕も美女のくだりは、完全にまったくの嘘、というわけでもなかったが……」

えっ……。美女って、まさか……この私が……？

急激にうれしさが込み上げ、ドキドキしてしまう。思いがけない褒め言葉に弱いのだ。

どう処理していいかわからない、モジモジした空気が漂った。

気恥ずかしさを振り払うように、成親がうなり声を上げる。

「君は料理を頼みすぎだろ。どんだけ頼んでるんだ。最初は嫌がらせでやってるのかと思ったら、モリモリ食べてペロリと平らげやがって。君は育ち盛りの、わんぱく坊主かっ！」

「あー、すっごい美味しくって、完食しちゃいましたね……。最近、ずーっとキツいダイエットしてたから、めっちゃお腹が空いてて」

「ワインもいっそ、樽で頼めばよかったんだ。あんな水みたいにガブガブ呑みやがって……。君はうわばみかっ！　あのワインはな、そんなことしていい代物じゃないんだぞ」

どうせ支払うのは私じゃないし、もうどうにでもなれとヤケクソになってたんで……。

と、あれこれ申し開きをするのも面倒になり、シートにもたれて車窓に目を遣る。

「……まったく、最悪の夜だ……」

舌打ちとともにつぶやかれた本日二回目の「最悪」に対し、まったく異論はなかった。

いつの間にか車は首都高速に入り、ビルの谷間を上野(うえの)方面へ向かってひた走っていく。

会話は途切れ、車内に沈黙が下りていた。

これ以上話すこともなく、物思いに沈んでしまう。

夜の東京って本当に綺麗だな、と切なくなる。

とても人の手で作り上げたとは思えない、高層ビルや巨大建造物の数々。それらが、たくさんの光の粒を纏って佇む様は、息を呑むほど神秘的だ。

上京したての頃は、都心の夜景を目にするたび、心躍らせていた。この美しくきらめく都会のどこかで、きっと夢のように素敵な出会いが、なにかとんでもない奇跡が潜んでいるようで、ワクワクがとまらなかった。

いつの日か、輝かしい成功と心からの幸せを、この手で摑めるような気がして。

けど、そんな気持ちも少しずつ色褪せ、疑念に浸食されてくる。もしかしたら、奇跡なんてどこにもないんじゃないか。もしかしたら、すべてはただの幻なんじゃないか。

もしかしたら、本当はなにもない真っ暗闇に、たった独りなんじゃないかって。

今となっては、そんな疑念も確信に変わりつつあった。

だとしたら、これほど寂しい街はない。綺麗だと思えば思うほど、虚しさは深まった。

東京は、幸せを夢見て近づいてくる人たちを呑み込み、搾り取り、深く傷つけ、打ち捨てて、自身は無限に増殖していくように思える。

かぐわしい香りと、美しい見た目でエサを引き寄せる、食虫植物みたいに。

こんなことなら、地元を出ないほうがよかったのかな、とチラリと思う。

織江の田舎は桜の名所と呼ばれ、冬は白鳥が川に飛来し、飴作りと養豚が盛んな街だった。幼少の頃は、素朴な人たちに囲まれ、温かくて居心地のいい場所にいた気がする。

なぜ、そこを飛び出し、独りでこんな寂しい所に来たのか。いつの間にか、仲良くしていた地元の子たちとの繋がりは切れ、残されたのは佐奈だけだった。

今でも、同窓会や地元の集いは開催されているはずだ。織江が呼ばれないだけで。

けど、仕方ないかなとも思う。小、中、高と進学するにつれ、無邪気なままではいられなくなる。いじめもゼロではなかったし、特に昔の織江はぽっちゃり体型で、まともにやれることも少なかったから、いじられたり笑われたりすることも多かった。

——もちブタ織江。

太って不器用だった織江が、当時呼ばれていたあだ名だ。

もち豚は地元の特産品で、それと持田を掛け、親しみを込めて呼ばれていた。小さな頃は、織江自ら「もちブタでーす！」と名乗り、仲良し同級生たちとふざけ合っていた。

けど、そういう小さないじりというのは、いつしか一線を超えるのだ。

「脳内お花畑もちブタ織江」「ダメなもちブタ織江」「もちブタ織江の癖に」

大人になるにつれ、そんな風にいじられ、笑われるたび、心がざわつくようになる。

好意しかないのもわかっていた。けど、『バカで能天気な、もちブタ織江』というレッテルは存外に不愉快で、そんな狭い世界を飛び出し、別の何者かになりたくなった。

安心できる場所に居続けるというのは、引き換えに息苦しさを伴うのだ。

まるで、糸の切れた風船みたいだと思った。住み慣れた地元から切り離され、東京にも居場所はなく、ふわふわ独り虚空を漂い続ける、寄る辺のない人生。

はー。このまま私、誰に見出されることもなく、ひたすら仕事仕事の毎日で、だんだん擦り減っていって、しまいには腐って死んでいくのかな……？

そんな血も涙もないバッドエンドも充分あり得る。この非情な東京という街ならば。

——非常識で、図々しくて、ダメ人間だからなっ！

今さらながら、成親の言葉が胸に、ズゥンと重たくのし掛かる。

なるべく考えないようにしているけど、本当は織江も重々わかっていた。

成親の言う通り、皆から見れば、自分は非常識で、図々しくて、ダメ人間なんだと。

存在するだけで周囲に迷惑を掛け続ける、なんの価値もない、役立たずなんだと。

否定的な言葉の数々は、生きるエネルギーを根こそぎ奪っていく。

結局、どこへ行っても、なにをやっても、もちブタ織江にしかなれないのかな……。

一時期、深刻に思い詰めすぎて、死んでしまおうと考えたこともあった。誰にとっても迷惑でしかないのなら、いっそ……。

けど、織江を踏みとどまらせたのは、単純な死に対する恐怖と、生来の能天気さだった。

　結局、バカとかダメとかデブとか、ヤバイとか無能とか吐き気がするとか、ありとあらゆるネガティブな言葉を真摯に受けとめ、それで自分の心を滅多刺しにしたところで、なにも生まれない。そう言う人たちに従うならば、究極的には死ぬしかない。

けど、死んだところで、誰も幸せにならないのだ。

そこまで考え、無駄死にするのは嫌だと思った。なら、自分を攻撃してくる人たちを避け、苦手なモノから距離を置き、息を潜めて逃げ回っていくしかない。

なるべく考えないようにし、テキトーに能天気に生きるしかないと思った。

非常に根強い寝坊癖と、どうしてもしてしまう忘れ物と、頻発するうっかりミスを、少しでも減らすよう努力はしていた。

けど、なにをしてもダメな人間には、どうしても限界があるのだ。

いとも簡単に皆ができた逆上がりを、織江一人だけができなかった体育の時間。

全員がさっさと完食した給食を、織江だけ食べられずに居残りした放課後。

中学三年のとき、どうしても登校できず、クラスの全員から『学校で待ってるよ』と書かれた寄せ書きを受け取ったときの、やるせなさと気まずさ。

あの暗澹たる時間たちは、今も変わらず、ずっと続いているということだ。

有能か無能でいえば、圧倒的に無能な。

勝者か敗者ならば、敗者に分類される人間の。

次こそは勝ってやるという負けん気さえ湧かない、どんなに足掻いても上に行けない苦しさは、成親のような人にはきっと生涯、わからない。わかるはずもない。

胸の奥にしまい込み、普段は無視していた暗い哀しさが溢れ出し、思わず唇を噛む。

少しでも気持ちを落ち着かせるために、織江はそっとまぶたを閉じた。


「おい、起きろ。着いたぞ！」

成親の鋭い声が聞こえ、織江はハッと目を覚ました。

身を起こすと、見慣れた建設中のビルと、自宅アパートの白レンガの壁が目に入る。うとうとしている間に着いたらしい。

助手席のドアを開けた成親が、こちらを見下ろしていた。

「ほら、早く降りろ。……降りられるか？」

「あ……はい。……あれ？　あれれ？」

なんだか、うまく足に力が入らない……。酔いのせい？

立ち上がりたいのに体が思うように動かず、シートでモタモタしていると、成親にグイッと腕を引かれて外へ出され、一本釣りのマグロみたいに立たされた。

と思ったら足に全然力が入らず、体がクルリと半回転し、地面へ崩れ落ちそうになる。

それを、成親のたくましい腕が掬い上げてくれた。

「あっ……おいっ！　こらっ！　ちゃんと自分の足で立てよ」

「すみません。なんか、体に全然チカラが入らなくて、あれ……おかしいな……」

「うわっ！　僕に引っつくな！　おっ、おいっ、引っつくなって言ってるだろ！」

「いやいや、すみません……。そうしたいんですけど、うまく体が動かせなくて……」

意識は明瞭なのに、脳の指示通りに体が動かない。

どうにか体を離そうとすると、後頭部から後ろへバク転しそうになり、成親に「危ないっ！」と、電光石火の速さで抱きしめられた。

「おおお、部長。さすがの瞬発力ですね……。ははは……」

ヘラヘラしながら、至近距離で見る成親の美貌は、世にも恐ろしく歪んでいる……。

「……前言撤回な。そのまましがみついてろ。危ないから、絶対離すなよ」

成親は脅すように言い、赤ちゃんを抱っこする子育てパパの如く、織江の体を軽々と抱きかかえた。

「ほら、しっかり摑まってろよ」

言葉に従い、織江は木登りみたく成親の上半身にしがみつく。ゆうに一八〇センチを超える成親の体軀は、見た目は細いのにがっしりして頼もしく、肩や胸の筋肉がよく鍛えられているのがわかった。

あ……。あったかくて、いい匂い……。なんだか、優しいパパみを感じる……。

ちょうど鼻先が当たっている、彼の首筋の辺りから、ふわっとフレグランスが香る。ごく自然に体臭と馴染み、それとわからないぐらい微かな香りだ。エレガントで都会的な、ムスクの混ざったような、大人の男性という感じの……。

鼻をクンクンさせ、ぬくもりに安らいでいる間に、成親は織江のバッグを掴み、器用に片手で車をロックし、織江にしがみつかれたままアパートの階段を上りはじめた。

「おい、こらっ！　む、胸をギュウギュウ押しつけるな！」

「だって、しがみついてろって言ったのはそっちじゃないですか！　それより部長、結構マッチョですね。なんかやってます？」

「ああ、筋トレが趣味だからな。いいストレス解消になるんだ。週末はジムに通って……って、胸を押しつけるなって言ってるだろうが！」

「ここ、壁が薄いんで大声出さないでください。あ、鍵はバッグの外ポケットの中です」

静かにしろと言ったのに、成親は「クソッ！　なんで僕がこんなことを……」と悪態をつきながら鍵を探し当て、開けたドアを乱暴に閉め、室内照明のスイッチを押した。

「まったく、僕がこれまで出会ったきた中で、君は史上最凶最低の女だな。毎日遅刻するわ、いつも忘れ物はするわ、うっかりミスは多いわ、口も態度も悪いわ。しかも、見栄っ張りでデートだと嘘を吐き、男を惑わすような格好でチャラついた合コンに来て、高級ワインをガブ呑みし、わんぱく坊主ばりにガツガツ食い、挙句の果てに泥酔して一人で歩けなくなる始末。一人の社会人として忠告しておくが、君は心から自分の生きかたを反省し

「……お、おいっ！　こらっ！　だから、胸を押しつけるなってば！」

成親は顔を真っ赤にして怒りつつも、織江の体をしっかりと抱きかかえてくれている。

いつもなら、烈火の如く言い返す織江も、今夜ばかりは弱った心に成親の罵倒が一つ一つ刺さり、やけに哀しくて情けなくなった。

きつい言葉とは裏腹に、背中にそっと置かれている大きな手に、成親の控えめな優しさを感じてしまい、目の奥から熱いものが込み上げる。

部長の言う通りだ。私は昔からずっと失敗ばかりだった。なに一つ満足にできない。

「……う……ふ……」

言葉にならない感情が、嗚咽(おえつ)になって喉から溢れてくる。

「おい、気持ち悪いのか？　まさか、吐くのか？　今、吐くなよ！　ここで吐くなよ！」

成親はビクビクして悲壮な声を上げる。

吐きたいわけじゃない。気持ち悪くなんてない。けど、うまく返事ができなかった。

「……う……うぅ……。うぅぅぅ……」

しがみついたまま、彼の肩口に顔を押し当て、ひたすらむせび泣くことしかできない。

「……おい、泣いてるのか？」

ようやく気づいた成親は、織江を抱っこした状態でベッドに腰掛け、まるで赤ちゃんをあやすように背中をヨシヨシしてくれた。

心配そうな声と、優しく撫でてくれる手に、涙が余計溢れてくる。

本当は私だって、デキる人間になりたかった。

いつまでももちブタ織江じゃなく、皆を助けられる人間になりたかった。

王ちゃんも開発チームの皆も、山之前部長だってすごく頑張ってる。

合わないときもあるけど、皆、大切な戦友だ。だから、皆が少しでも楽になるような、皆が幸せになれるような、役に立つ存在でありたかったのに……。

そんな切なる願望はきっと、手の届かないところで輝き続けるのだ。

絶対手に入らない、至高の宝石みたいに、一生ずっと……。

なにもかもうまくいかず、望むものをなに一つ手にすることのないまま、時は過ぎていく。そのことがバカみたいに哀しく、どうしようもなく涙がとまらなかった。

「うわあああぁぁぁ……うえええええーん！」

「あー、よしよし。おー、よしよし。悪かった。僕が悪かったよ。少しキツく言いすぎた、すまない。頼むから泣くなよ。そんなに泣くと、息が苦しくなるぞ。ほら……」

そっと体を離そうとする成親に、そうはさせるかと渾身の力でしがみつく。

体を離せば、ぐちゃぐちゃのひどい顔を見られてしまう。それだけは、どうしても嫌だった。

あと、もう少しこのままでいたかったのもある。胸を貸して欲しいという甘えもある。

というわけで、両腕は成親の胴体にしっかり回し、両脚で成親の腰をがっちりホールドし、ワイシャツの肩に口を押しつけ、さめざめと泣き続けた。

やがて、成親はあきらめたように天を仰いでつぶやく。

「やれやれ……参ったな。最悪だ……」

本日三回目の「最悪」をいただき、たしかに気分は最悪のどん底で間違いなかった。

今日は終わりの日だ。あらゆる期待が裏切られ、すべての努力が水泡に帰した日。

やっぱり、私みたいなダメ人間が、夢見るだけ無駄ってことなのかな……。

月曜からまた灰色の毎日が始まるのかと思うと、憂鬱はとまらなかった。

それから、ひとしきり泣き尽くしたあと、だんだん冷静になってきて、はたと気づく。

……あれ。これ、かなりヤバイ状況かも。自宅のベッドで部長に抱きつくとか……。

成親は抵抗するのをあきらめたのか、ひたすらヨシヨシと背中をさすってくれている。

巻き込まれている成親に対し、無性におかしさが込み上げ、ふふっと笑ってしまう。

菩薩のように慈悲深い、か……。嫌々ながらも私に付き合ってくれるあたり、優しい人だよね。菩薩説、あながち間違いじゃないのかも……。

「……おい、こら。僕のワイシャツで鼻水を拭くなっ！」

されるがままで慌てふためく成親が、やけに可愛く思え、胸がきゅんとなる。

こうして彼に甘えているのは、嫌じゃなかった。

ワイシャツは清潔でいい匂いがするし、鍛え上げられた体は頼もしいし、男らしくて好ましい。背中を撫でる大きな手は、大人の包容力を感じさせ、すごく好きだった。

バストは硬い胸筋に押しつぶされ、お腹も腰も太腿もぴったりと密着し、彼の胸内(きょうない)で響く鼓動と、にじむ汗までクリアに感じられ、抗いようもなくドキドキしてしまう。

金曜の深夜。密室に大人の男女二人きり。このまま成親をベッドに押し倒し、事に及んだとしてもおかしくはない。

むしろ、ちょっとだけ、そうなってもいいような、そうしてみたいような……。

「……あの、部長」

ささやき声になり、我知らず下唇が彼の耳たぶを掠める。

彼の体がビクンッと震え、その反応で思いきりわかってしまった。

彼もこちらを女として意識している、ということに。

その事実は存外に、自分の中の女性としての自信を高めてくれた。

どうしよ……。なんか、このまま一晩だけ、というのも、なきにしもあらず……？

甘えるように体を寄せ、太く男らしい首筋にそっと唇で触れると、彼は息を呑む。

「……持田、さん……」

あえぐような声は、少し掠れていた。

意外とうぶな反応に、さっきより強く胸にキュンときてしまう。こういう可愛い男性にめっぽう弱いのだ。

すっかり涙は乾き、胸を覆っていた暗い哀しさは掻き消え、今は本能に火を点けられていた。

このまま、朝まで彼とイチャイチャしてみたい、かも……。

「……部長。今夜、泊まっていきませんか?」

おずおずと申し出ると、成親は目に見えてうろたえ、「なんで?」と聞いてきた。

「なんでって……。えーと、寂しいから……」

嘘は吐いていない。このまま、今夜が終わってしまうのは、本当に寂しい気がした。

「なぜだっ? き、きっ、君は、僕のことが大嫌いなんじゃないのかっ?」

「嫌いじゃないですよ。嫌いだなんて、言ったことないし。それに、性格が合うかどうかと、男性としてエッチしてみたいかどうかは、別ですから」

「え、え、エッチ……」

目を白黒させる、という表現は、まさに今の成親の状態を指すんだと思う。

織江の体をぎゅっと抱きしめたまま離さないあたり、勝算はゼロではないと感じた。

織江の腕に触れている、たくましい体はみるみる熱くなり、乳房に感じる彼の鼓動がどんどん速まっていく……。

そのとき、背中に置かれていた彼の手が滑り下り、するりとお尻を撫でられた。

ゾクッ、と背筋に電流が走り、少し淫らに感じてしまう。

……あ、部長。これってもしかして……勃ってる……？

興奮の証が硬く大きく膨らみ、下腹部をぐっと押していた。

その部分はじんわりと熱く、織江の知るそれよりも、はるかにしっかりと大きい気がして、否が応でも期待は高まる。

そのとき、成親のほっそりした指が、織江の涙で頬に貼りついた髪を、そっと拭ってくれた。壊れ物に触れるように、こわごわといった様子で、おくれ毛を耳に掛けてくれる。

いい加減焦れったくなり、せがむように彼の頬に口づけると、やにわに両肩を摑まれ、ガバッとベッドへ仰向けに押し倒される。

「……っ！」

見慣れた天井を背に、成親の美貌はひどく紅潮し、苦悶に歪んでいた。

このまま進むべきか退くべきか、悩みあぐねているような……。

その欲望と理性との葛藤が、とてもエロティックに見え、萌えがとまらなくなる。

どうしよう……。めっちゃ色っぽくて、好きかも。せっかくだから、このまま……。

ゴクリ、と上下する彼の喉仏に、キスしてみたいなと焦がれ、織江はうっとりと言った。

「……部長。お願いします……」

なにを懇願されたのかさすがにわかったらしく、成親の体が覆いかぶさってくる。

いつも冷淡な漆黒の瞳が一瞬、飢えたように閃(ひらめ)くのが見え、グッと心を掴まれた。

第三章　天然野生児に振り回され

楢浜重工のＥＭＲＳを設計、開発、運用した知識（ナレッジ）とノウハウを生かし、コンサルティング業界における、最高水準のサービスを提供するプロフェッショナル集団を目指す。

というのが、二十一年前、ナラハマシステムズ創業当時のミッションだった。

それは今でも変わっていないんだよな、と山之前成親は思う。

成親がナラシスへ出向したのが、四年前。当時の取締役も同じことを言っていた。

そのとき、成親は入社六年目で「よし、僕がやってやるぞ！」と希望に満ちていた。

だが、実際に蓋を開けてみたらどうだろう？　ＥＭＲＳを構築した優秀なエンジニアたちは、競合他社のＩＴ部門や大手コンサルファームからヘッドハンティングされ、膨大なナレッジとノウハウを抱えたまま去っていった。

支柱となる人材が抜けると、残された若手に負荷が掛かる。残念ながら、彼らも長くは持たなかった。多くの者が異動を願い出て、あるいは体や心を病み、辞職していった。

ＥＭＲＳの稼働には、見えないところで多くの犠牲があったことを忘れてはならない。

ＥＭＲＳの開発と同時並行し、ナラシスの未来を嘱望される人材をと、プロパー社員の採用が始まったが、現実はそんなに甘くなかった。

労働市場には、そこそこの経歴を持ちつつ、企業を転々とする中年層が一定数おり、試験や面接で彼らを見分けるのは難しく、採用したところで長くは居つかず、採用費という名の内部コストばかりが掛かる。

しかも、まったくの外部から入社してきた人間に、楢浜重工の特殊性を理解し、新卒から楢浜重工にいる正社員と同じ働きをしろ、というのも無理な話だった。

環境が人を作る、というのは一理あると思う。学部卒で入社した成親には、楢浜重工の社員であるという誇りと矜持があった。愛社精神や忠誠心もゼロではないし、社会貢献しなければという義務感もある。なにより、待遇がいいことに満足していた。

だが、ナラシスのプロパー社員にそういった意識はなく、厳しい言いかたをすれば、手抜きして好き勝手にやっていた。口でいくら言っても、その場では神妙な顔をするが、意欲がないことはあきらかだ。

真面目な社員もゼロではなかったが、手抜きをする輩の皺寄せで、彼らに大きな負荷が掛かり、心身を病む者が少なくなかった。

真っ先に真面目な人間が潰され、サボる人間が生き残る……理不尽極まりない構造だ。
そんな環境で派遣社員やパートがやる気を出すわけもなく、ダラダラした雰囲気が漂っていた。

結局、『最高水準のサービスを提供するプロフェッショナル集団』などお笑い種で、現実は、サボることしか考えない正社員、自分たちは蚊帳の外という姿勢の非正規社員、真剣に取り組むのは出向社員だけ、という集団になり果て、現行のＥＭＲＳをトラブルなく運用させるだけでいっぱいいっぱいという現況だ。

近年は、出向社員でさえやる気のない者も多く、成親は彼らのフォローに奔走しながら、親会社からは「売り上げを上げろ！　結果を出せ」と圧を掛けられ、徐々に限界を感じはじめていた。

楢浜重工は航空機事業のみならず、火力発電事業や造船事業も体制を縮小しつつある。日本を支えてきた重厚長大産業の成長は鈍化し、名門企業の凋落はとまらないと、メディアはこぞって報じていた。

たしかに、古くからある事業が衰退期にあるのは間違いない。時代の流れとともに、国際情勢も人々の生活の有り様も変わっていくし、それに合わせて企業も変化していくのは、なにも楢浜に限った話ではなかった。

だが、ネガティブな要素ばかり集めても、しょうがない。

衰退期にあるとはいえ、楢浜重工の昨年の連結売り上げ高は一兆二千億円を超え、まだまだ世界に与える影響、社会で果たす役割は大きいのだ。

ＥＭＲＳはいわば楢浜重工グループの中枢神経のようなものだ。脳や心臓といった諸器官が役割を果たすためには、健全な神経の情報伝達が不可欠だった。

だからこそ、設計開発や製造販売と並んでＥＭＲＳの維持運用は重要だ。各ディビジョンが相互にうまく作用し合い、初めて製品が生み出され、企業は回っていくのだから。

ナラシスで働く従業員たちに活気がなければ未来は暗い、と思った。

従業員たちのやる気を鼓舞しようと、成親は積極的に声を掛け、とことん話し合い、率先してタスクを手伝い、悩みや課題があれば解決に取り組み、孤軍奮闘してきた。

しかし、それは空回りしたようで、疎(うと)ましがられ、去っていく者もいた。

さらに、親会社の年配の役員たちは「ダメな奴は切り捨て、取り換えろ」精神が抜けきれず、従業員一人一人を大切にする成親とは意見が合わず、やり合うことも少なくない。

離職者を出すのはよくないと思えた。なんと言っても、日本は地価も物価も社会保険料も高い。無力な若者が企業のバックアップなしに、一人でそれらを払いながら生活するのはかなり厳しいはずだ。

結果、社会からこぼれ落ちて孤立してしまい、反社会勢力に転ずる要因にもなり得る。

だから、ナラシスの若手たちに、少しでもやり甲斐を感じ、ここで居場所を見出し、健康に働いてもらいたい……いち社会人としてそう願っていた。切に。

真にナラシスの収益を上げるには、どうすべきか？

従業員たちとの雇用関係を持続し、彼らの衣食住を保障し、元気に働いてもらう。

それが回りまわって企業の利益に結実し、社会全体の活性化に繋がると信じていた。

そのために、やるべきことをひたすらやるだけだ。

仮に絶望的に不利な盤面で、持ち駒が歩一枚しかなかったとしても、綿密に戦略を練り、絶対に勝ちを諦めないのが真の棋士だろう。

自分が嫌われようが、疎ましがられようが、どうでもいい。

そんなことは、大局に影響ないのだから。

自分なりにナラシスを大切に思い、どうにか売り上げをキープしつつ、従業員ファーストの職場作りに勤しんでいる中、持田織江の存在は気になっていた。

彼女は良くも悪くも目立ちすぎる。まず、その可憐な容姿。重工業やＩＴは理系男子の多い業種であり、例に漏れずナラシスもむさ苦しいおっさんばかりがひしめき合う中、掃きだめの鶴の如く、彼女の存在は際立っていた。

次に、尋常じゃない遅刻の数。始業時間をだいぶ過ぎてから、髪を振り乱した彼女が開発室に駆け込んでくるのが、ナラシスの日常風景となっていた。

盛大に遅刻する姿は目立つのか、諸々の会議で「あれは誰だ？」と話題に上るほどだ。

風紀の乱れとはよく言ったもので、勤務態度の悪い社員がいると他に悪影響を及ぼす。遅刻の言い訳に「持田さんなんて毎朝じゃないですか。自分も少しぐらいいいでしょう」などとのたまう者も少なからずいて、それも頭痛の種だった。

織江本人はふざけているわけではなく、真剣に定時出社しようと努力しているらしい。ただ、どうしても起きられないのと、通勤途中で事件に見舞われる体質なだけで……。

……おネムでどうしても起きられないとか、赤ちゃんか！

などと正直思ったが、口にすればパワハラになる危険がある。換言すれば、原始的な性質をいまだに残す、天然野生児なんだろう。それに、変な奴なんてこの世に五万といるのだ。いちいち深刻に捉え、懲戒だの辞めさせるだの、騒いでいてもキリがない。

それに、与えられた仕事をきっちりやる分、彼女ははるかにマシだった。

あまり楢浜重工に興味はなく、当事者意識が低いのが玉に瑕だが、働いてくれるなら文句はない。協力は惜しまないから、ひどい遅刻癖をどうにか直し、ぜひとも契約更新して欲しかった。

そんな強引さが彼女の癪に障ったらしい。元々好かれていなかったが、毎朝彼女を起こすようになってから、彼女からの憎悪は決定的なものとなった。

だが、誰かが悪役を買って出て、憎まれてでもやらねばならぬときがある。にこにこ愛想よくするのは簡単だが、そうして遅刻も放置すれば、彼女はあっさり契約解除されて終わりだ。

それは、非常に大きな損失だと思う。ナラシスにとっても。……自分にとっても。

そこまで考え、「ん？」と独りで首を傾げてしまう。

自分にとっても？　なぜそんなことを思った？　正しくはエンプラ部にとっても、だ。

これは優しさでは決してない。あくまで彼女が必要な存在だから、措置を取ったまで。

持田織江を個人的にどう思うか？　については、正直、あまり考えたくなかった。

さらに踏み込んで、持田織江を女性としてどう思うか？　については……。

ここで思考は鈍化し、頭の中の歯車は停止する。……脳が考えることを拒否している。

とにかく、定時に出社もできない女など論外だ。植物に話し掛ける性格も理解不能。

自分を見た瞬間、ブスッと不機嫌になるのだけはどうにかしろよ、と毎回思っていた。

あんな風にあからさまに嫌がられたら、誰だっていい気持ちがしないのは当たり前だ。

だが、あの『鬼メガネ』は傑作だった。ＤＭを本人に誤送信するマヌケっぷり。内容も『鬼メガネ』という小学三年生並みで、怒られてしょんぼりしている彼女の後ろ姿が、垂れ耳ウサギのように見え、それが無性におかしく、どうしても笑いが堪えきれない……。

「部長？　大丈夫ですか？　具合でも悪いんですか？」

突然、部下に声を掛けられ、成親ははっと我に返る。

「具合？　そんな風に見えたか？」

驚いて成親が問い返すと、部下は困惑顔で「ええ」とうなずく。

「ものすごい形相で口を押さえてらっしゃるんで、吐き気でもするのかと……」

笑いを堪えていただけなのだが、周りからはそんな風に見えるらしい。

成親は「問題ない」と言って安心させ、噴き出しそうになった己を叱咤し、集中してキーボードを叩きはじめる。

なんてことが、これまで何度もあった。織江は非常に不謹慎な従業員なのだが、たまに死ぬほどツボに入るエピソードをぶちかましてくるため、ニヤニヤ不可避なのだ。

真剣なビジネスの場であってはならないし、それで織江の素行が許されるわけではないが。

そもそも、成親は女性が少々苦手だった。中学のときからずっと男子校で、ずっと勉強ばかりしてきて、初めてまともな彼女ができたのは、大学生になってからだ。

女とはまさに未知の生物で、すぐ泣くわ騒ぐわ怒るわで、散々な目に遭った。

それなりに付き合い、一応やることもやったが、それで女性の扱いに慣れたかと問われれば、そんな奇跡は起きなかったと断言できる。

成親の思考は常にシンプルかつ明瞭だった。まず、目標は？　利益を出すこと。そのためには？　外部の案件を勝ち取ること。必要なのは？　従業員一人一人の能力の向上。それに向け、粛々とすべきことを進めるだけだ。それ以外の要素は、一切不要。

遅刻をなくしたいなら、現状分析し、目標を定め、解決に必要な労力を払えばよい。なのに、女性はどうだ？　成親がロジックに沿って事を進めようとすると、そこへカハクちゃんだの妊婦だのゴル君だのがわんさと押し寄せ、すべてが混沌に帰してしまう。社内面談中、織江から遅刻の理由を聞いていたとき、ずっと「こいつはなにを言ってるんだ？」という疑問が頭の中をグルグル回っていた。

どうやら女性は、成親とは違うぜんまいを持っているらしい。成親が『論理』の鍵で巻かれているとしたら、女性は『感情』とか『気分』という鍵で巻かれ、衝き動かされているようだった。

いずれにしろ理解できないし、共感もできないし、若干恐ろしくもある。

だから、親友である唐橋浩太郎に「いい子を紹介したい」と誘われたとき、即座に断ろうとした。そういう会は苦手だし、今仕事が忙しいし、それどころじゃないから、と。

しかし、このときふと、織江に言われたことを思い出したのだ。

――毎朝部下に連絡するとか、独身の部長ならではの所業ですよね。ご家庭をお持ちのまともな男性なら、奥様がいるはずだから、できないでしょうし。

つまり、僕にパートナーがいないせいで、あんなに舐められてるってことか？

もう三十二歳だし、結婚を考えていないわけじゃない。女性は苦手だが、嫌いではないし……。

「相手は二十五歳で優秀なＩＴエンジニアだ。写真を見たが、かなりの美女だったぞ？」

唐橋から上手に売り込まれ、ついＯＫしてしまった。

いつもなら断るはずの案件を。


こうしてやってきた、モントリヒト高層フロアにある、マテウス。

地上約二百メートルのところにあり、赤坂の夜景が一望できるダイニングだ。

モントリヒトは月がモチーフとなっており、ドイツ語で基地（バーズイス）と名付けられた個室で待つ間、成親は早くも後悔しはじめていた。

つい、美女というワードに釣られて来てしまったが、場を盛り上げたり、女性を楽しませたりするのは大の苦手だ。果たして、自分にそんな役割が務まるかどうか……。

「彼女、八坂佐奈って言うんだけど……。価値観も合うし、気に入ってるんだ、俺」

はにかみながら言う唐橋に、成親はうなずいてみせる。

二次会はその子と二人きりになりたい、という意味だろう。いつも世話になっている唐橋に協力するのは、やぶさかではなかった。

こうして女性陣の到着を待つ時間というのは、男のマヌケさが実に際立つひと時だな。

そう考えつつ、ひたすら待っていると、約束の時刻より五分遅れて彼女たちは現れた。

ドアが開かれ、最初に入ってきたのが八坂佐奈だと、すぐにわかった。勝気な瞳に、華やかな顔立ちと都会的なスタイル。ああ、いかにも遊び慣れてそうだな、と素人目にもわかる美人だった。

「こんばんは。来てくれてうれしいよ」

唐橋がそう言い、立ち上がって出迎える。

次の瞬間、あとからおずおずと入ってきた女性に、目が釘付けになった。

……うわ、綺麗だな……。

このときの一瞬一瞬の映像が、スローモーションのように網膜に焼き付けられる。抜けるような、白い肌。頭の高いところで無造作に結った、まとめ髪が可愛らしい。ふんわり巻かれたおくれ毛が、露出した丸い肩にハラリと落ち、すっと浮き出た鎖骨はうっとりするほど芸術的だった。触れたくて堪らなくなる、繊細な陶器みたいだ……。

その女性が何者なのか、はっきり認識していたのに、バカみたいに見惚れてしまう。

持田織江なのは間違いなかった。しかし、このときはまったくの別人に見えたのだ。

照明のせいだろうか？　雰囲気のせい？　それとも、いつもと違う化粧のせいか？

「ちょっと遅くなっちゃって、ごめんなさい」

織江に見入ってしまうあまり、佐奈の声が遠いところで聞こえた。

どう形容したらいい？　いつもと雰囲気がガラリと違う。目鼻立ちはくっきりし、肌はまばゆいばかりにツヤツヤで、琥珀色の大きな瞳は、水晶のように澄み渡っていた。

今っぽいマスカラの塗られたまつ毛で、パチ、パチ、とまばたきをする彼女の目元に、得も言われぬ色香が漂っていることに気づく。

目元だけじゃない。彼女は髪も肌も服も、すべてが魅力的に見えた。

特筆すべきは唇で、ストロベリーのジャムみたいに濡れて、艶めいている。

もし、あれを舐めたら、どんなに甘いんだろう？　と妄想せずにはいられなかった。

急激な飢餓感に襲われ、思わずゴクリと唾を呑む。

けど、そんな甘い妄想は、早くも粉々に打ち砕かれた。

こちらを見るなり、彼女はショックを受け、あきらかにがっかりしてうなだれたのだ。

イケメンとの素敵な出会いを期待して来たのに、そこにいたのは大嫌いな鬼メガネで、当てが外れた……といったところだろうか。

……ああ、そうか。そういうことかよ……。

胸の内に苦々しい感情がジワジワと広がっていく。

一秒でも、彼女に魅力を感じてしまったことを後悔していた。

今夜もし、自分ではない別の男がここにいたら、彼女はニコニコ微笑んだのだろうか？

いつも、彼女はこんな感じで呑み会をこなしつつ、男を漁っているんだろうか？

そう思うと、なぜか無性に腹が立って仕方なかった。

「山之前さん、はじめまして。唐橋さんのおっしゃってた通り、素敵なかたですね！」

見え透いたお世辞を言う佐奈に対し、とりあえず「どうも……」と返しておく。

織江はもはや目も合わせず、たとえるなら世界の終わりを迎えた人の如く、憔悴しきった顔をしていた。

……おい。いくら僕が嫌いだからって、そこまでひどい顔をすることないだろう？

「織江さん、こんなに可愛いかたなのに、男顔負けのスキルをお持ちのＩＴエンジニアだなんて、格好いいですね。さ、どうぞ座ってください」

唐橋の声を聞き、あまりに頭に来ていたせいで、とっさに他人の振りをしてしまう。

「ほう。男顔負けのスキルですか。そりゃすごい」

この言いかたは嫌味っぽいだろうか？　だが、正直面倒だった。もし、織江の上司だと明かせば嫌でも仕事の話になる。さらに、彼女の勤務態度や自分への嫌悪に触れざるを得なくなり、この場が楽しいムードになるとは到底思えない。

それに、どうやら彼女は経歴を多少見栄えよく盛って、唐橋に伝えているようだし。

……そっちがその気なら、やってやろうじゃないか。こっちだってインテリ美女が来ると思ってたんだ。期待を裏切られた挙句、一方的に嫌な顔をされ、加害者扱いされる筋合いはない。

いつもなら、上司という立場をわきまえて行動するのだが、このときばかりは自分でも理解不能なほど憤りが抑えきれず、ヤケクソに近い状態になっていた。

それからの展開は、会食というよりむしろ戦争と呼んだほうが適切かもしれない。

織江は男性陣を財政破綻させるつもりなのか、食べきれないほど大量の料理をオーダーし、桁が一つ違うワインをボトルで次々と頼み、浴びるように呑みはじめた。

ヤケ酒を決め込んだ彼女の魂胆はわかったが、残念ながら唐橋は天然お坊ちゃま育ちなのだ。「よく呑んで、よく食べるねぇ」と感心しているだけで、支払いの心配をしている様子はない。

内心ザマアミロ、と思っていたら、織江は気味が悪いほどの笑顔で話し掛けてきた。

「山之前さんはとても優しいかただと、佐奈からうかがっていました。本当に、噂通りのかたですね！　もう見るからに、とってもお優しそうで……」

よく言うわ、優しいなどと微塵も思ったことない癖に、と床に唾でも吐きたかった。

ここは職場じゃないんだ。いいか。僕を敵に回したこと、死ぬほど後悔させてやる。

「僕も浩太郎から、織江さんが業界随一の有能なかただとうかがっておりました。きっとインテリで大人な女性なんだろうなと思っていましたら、想像通りのかたでしたよ」

にこやかに褒めると、彼女は白々しく「お世辞がお上手ですね♪」と笑っている。

……が、その目はまったく笑っていないことに、お互いが完全に気づいていた。

円卓を囲み、唐橋の傍に佐奈、成親の傍に織江が座り、男女ペアで話をする流れになったが、それから織江とずーっと言葉で殴り合っていた。さながら、総合格闘技の試合の如く。

こちらの超険悪なムードを、唐橋佐奈ペアに悟られたくないがゆえ、自分も織江もずっと笑顔を絶やさないのだが、それが余計にお互いの闘争心を煽るのだ。

しかも、織江は日頃の鬱憤をここぞとばかりに晴らそうと、全力で殴り掛かってきたため、こちらも頭脳フル回転で応戦しなければならず、非常に殴り甲斐のある試合となった。

認めたくはないが、今宵の彼女は……とても綺麗で、そのことも悔しさを倍増させていた。気を抜くと、つるりとした白磁のような鎖骨に目を奪われ、艶(つや)やかに濡れた唇がワイングラスに触れるたび、鼓動がゴトゴトと乱れた。シラフのはずなのに。

マテウスは『大人の夜をドラマティックに演出する』と謳っているだけあると思った。室内が仄暗いおかげで、銀河のような夜景が、手を伸ばせば届きそうなところまで迫り、温かみのある間接照明が、冷ややかな目をした彼女の頬を淡く縁取っている。

この席にもし別の男が座っていたら、全力で彼女を口説きにかかるだろうと思った。恐らく彼女なりに精一杯化けたんだ。今宵出会うはずだった、別の男を釣るために。そんなトラップに、僕自身が引っ掛かってどうするんだよ？　しっかりしろ！

密かに自分を叱咤するも、妙な敗北感は拭いきれない。いずれにしろ、最悪の夜だ。彼女がどんなに綺麗だろうが、所詮、自分には手が届かないのだから。

とはいえ、腹が立つことばかりではない。

ここへ来る前、オフィスで彼女は自慢げに「今夜はイケメン彼氏とデート」とのたまったが、それが盛大な見栄だったと知れたのは、大収穫だった。

「僕の部下に関しては心配要りませんよ。いい人がいるみたいですからね。頭がよくて仕事もできて、高級スポーツカーを乗り回す、芸能人並みのイケメン彼氏らしいです」

こうして改めて口にすると、暴力的なまでの笑いが込み上げてくる。

僕と張り合おうとしたんだろう。今夜の出会いを楽しみに、あれこれ妄想が捗ったに違いない。彼女の脳内では、すでに彼氏ができ、憧れのスポーツカーで迎えに来るのだ。

しかも、未来の彼氏に会いに行ったら、そこへ現れたのは大嫌いな鬼メガネなのだ！

マヌケというか可愛いというか、考えれば考えるほど、尋常じゃなくツボに入った。

昔から、彼女の天然野生児ぶりを目にするたび、おかしくて仕方ないのだ。無性に。

大笑いしていると、彼女の頬がみるみる紅潮していく。そのリアクションに彼女の素直さと幼さが垣間見え、張り合おうとする癖に詰めの甘いところが、嫌いじゃなかった。

恥をかかされたと思ったのか、彼女は猛反撃してきたが、ムキになる彼女を見られただけ、今夜は来た甲斐があったというものだ。

ふっ、まだまだ若いな。ま、いい暇つぶしにはなったか。

そう結論づけたあと、頭を切り替え、明日の土曜日の予定について考えていた。

女性二人が席を外したタイミングで精算をしていたら、唐橋にこう乞われたのだ。

「悪いんだが、織江さんをご自宅まで送ってやってくれないか？　車で来てるんだろ」

なるほど。唐橋は意中の佐奈と二人きりで二次会へ行くらしい。

「織江さん、かなり酔っていたようだし、危ないだろ。変な奴に捕まったら大変だし」

唐橋にそう言われ、反射的にＯＫしてしまった。

唐橋の言う通りだ。あんなに可愛い女の子がフラフラ夜の街を歩いていたら、性質の悪い輩に引っ掛けられ、さらわれたっておかしくない。

彼女の身柄を僕が守らなければ、と思ったのだ。もちろん、上司として。

エレベーターホールで彼女を待つ間、車のキーを手の中で弄びながら、なぜか気分が高揚している自分に気づき、その不可解な感情について考えていた。

親友に誘われ、渋々参加した呑み会。インテリ美女なんて真っ赤な嘘で、現れたのはデキの悪い部下。会食は最悪の雰囲気。支払いは高くつき、部下を送っていく羽目に。

マイナス要素しかないはずなのに、なにをウキウキしてるんだ？　僕は……。

しかし、その疑問はすぐに氷解した。

通路の向こうに、彼女の小柄な姿を視認した瞬間、ドクン、と鼓動が強く胸を打つ。

ふと足をとめ、こちらをじっと見つめる彼女に、自然と視線が吸い寄せられた。

ああ、やっぱり、すごく綺麗だな……。今夜は特に……。

そうか、下心か、と納得した。つまり自分は、今から美女と二人きりでドライブできるという事実に、ウキウキしていたらしい。シンプルに。

僕も健全な男なんだし仕方ない、と内心で言い訳しつつ、車のキーを振ってみせる。

美しい彼女は軽蔑したようにキーを一瞥し、ツンと澄ました顔でこちらを無視した。

目の前を素通りされたとき、甘いベリーのような香りが鼻孔を掠め、胸がギュウッと切なく絞られる。

……あれ、まずいな。なんかおかしいぞ。なんで僕が失恋したみたいな気分になるんだ？　ちょっと無視されたぐらいで……。

「ひ、一人で帰れますから。送ってくれなくて、いいですよ」

冷淡な態度に反し、舌足らずの怪しい呂律が可愛らしく感じ、ふっと緊張が緩んだ。

「そういうわけにはいかない。浩太郎に任されたからには、きっちり約束は守らないと」

そう言って、彼女の後ろについてエレベーターに乗り込み、扉が閉まる。

狭い密室。眼下にあるのは、ほっそりしたうなじと、つるりとした白い肩。滑らかな肌には靄が掛かったように色気が漂い、やたらと雄の本能を刺激された。

ほんの刹那、魔が差す。この柔肌に噛みついたら、どんな味がするんだろう……と。

生唾をゴクリと呑み下し、脳内で「僕は部長だ僕は部長だ」と呪文のように繰り返す。

おかしな夜だった。酒を一滴も呑んでいないのに、ひどく酔っぱらっているみたいで。

どうにか冷静にやり過ごし、何事もなく駐車場に移動できた。さながら、次々とステージをクリアしていくアクションゲームのようだ。ゴールは一つ。彼女に指一本触れず、無傷で送り届けること。

運転席に乗り込んだら、アルコールの匂いに混ざり、あのベリーの甘い香りがし、心をひどく掻き乱され、つい「酒臭っ……！」と嫌な顔をして誤魔化した。

そのあと、くだらない話をしつつ、首都高を上野へ向かってひたすら車を走らせる。

今夜もし、助手席に座っているのが持田織江ではない、誰か別の女性だったとしたら。という可能性を妄想してみる。

だが、いくら考えたところで無駄だと思った。そんなIfは永遠に訪れないから。

起きてしまったことは、もう起きてしまったのだ。我々は結果を引き取り、その結果からもたらされるあらゆる喜びにも痛みにも、黙って耐えなければならない。

それに、織江以外の別の誰かだったら、それはそれで少し寂しい気もするし。

やがて、彼女は眠ってしまったらしい。自らの左肩に頬を寄せ、まぶたを閉じていた。

オレンジの道路照明の下をくぐるたび、あどけない寝顔が浮かび上がり、彼女に対するとげとげしい心が、徐々に緩くなっていく。

露出した両肩が寒そうに見え、パネルを操作してエアコンの設定温度を上げてやった。

今夜は疲れただろうな。定時出社して仕事して、オシャレして合コンして、あれだけ食べて呑んで騒いで、上司に腹を立てて全力で殴り合って……。

ハンドルを操りながら、ひとりでに笑みが漏れる。なんと言っても、彼女はまだ二十五歳のうら若き女子なのだ。もっとはしゃいで、散々ちやほやされ、圧倒的に幸せになる権利があると思った。

これからたった独りで、苛酷な現実に立ち向かっていかなければならないのだから。見通しは明るくない。今の日本の立場やこの社会の有り様や、楢浜の将来を鑑みても。助手席で静かに息づく、柔らかくて不器用な女の子を思うと、少々気の毒になった。自分にしてやれることは少ないなと、無力感に襲われる。もっと、今の若手に明るい将来を約束してやれる、活気のある会社作りができればよかったんだが。

そんなものかもしれない。どの時代も……太古からずっと、その時代特有のしんどさがあるのだ。どれだけ時代が遷ろうとも、それは姿を変え形を変え、常に現れ続けるのかもしれない。

旧石器時代なら旧石器時代の、江戸時代なら江戸時代の、現代なら現代特有のしんどさがあるのだ。歴史というのは、一人一人がそのしんどさに黙々と耐え抜いてきた、積み重ねなのだろう。

つまりそれが、個人の生きるということ、そのものなのかもしれない、と思えた。

自分が二十五歳のとき、なにをしていたっけ？　とぼんやり振り返る。入社三年目か。

出張で海外に行きまくってたな。それまで海外に行った経験がなく、見るもの聞くものすべてが新しく、中国語を猛勉強しながら、なにかデカいことを成し遂げ、世界を変えてやるんだ！　と、希望に満ち溢れていたっけ。

経験を積んだ今、わかりつつある。自分が夢見てきたものは幻想にすぎないことを。なにかデカいことなど、この世のどこを探しても存在せず、世界はどうやっても変わらないのだ……恐らくは。

あるかもしれない、できるかもしれない、と思わせてくれるだけで。

そんな厭世的な自分が少しだけ嫌になる。弾けるように生き生きした彼女に比べると、自分の世慣れした薄汚さと精神の劣化が際立ってしまって。

いろんなことを知ってしまうと、知らなかった状態に戻りたくても戻れないもんだな。

そんなことを考えながら、成親はアクセルを踏み込んだ。

渋滞もなく首都高を走りきり、国道四号線に入り、間もなく織江の自宅前に到着した。

もう真夜中だ。通りから入ったその界隈は住宅街で、人気（ひとけ）はなく静まり返っている。

成親はアパートの共有スペースに乗り上げて車を停め、助手席の織江をうかがった。

あまりにも無防備にスヤスヤ寝入っており、こいつ大丈夫か？　と本気で心配になる。

まったく。送り狼なんて言葉もあるしな。送ってきたのが僕でよかったよ、ほんと。

車を降り、助手席に回って彼女を起こすと、酔いの回った彼女の足元はおぼつかない。

「うわっ！　僕に引っつくな！　おっ、おいっ、引っつくなって言ってるだろ！」

「いやいや、すみません……。そうしたいんですけど、うまく体が動かせなくて……」

彼女はぐらりと仰向けに倒れそうになり、とっさに「危ないっ！」と抱きとめる。

「おおお、部長。さすがの瞬発力ですね……。ははは……」

ヘラヘラする彼女を抱きかかえ、とっととこの最悪な夜よ終わってくれと心から願う。

結局、歩けない彼女を赤ん坊のように抱っこし、部屋の中まで送る羽目になった。

「ほら、しっかり摑まってろよ」

お姫様抱っこなんてロマンティックな代物じゃない。こちらの胴体にコアラみたくしがみついてくる彼女を、二階まで運び上げるのはなかなかハードだった。

ぐにゃり、と胸板に彼女の乳房が押しつけられるのを感じ、ドキリとする。

……あっ。……やっぱり、結構大きい……ような気がするな。

という、密やかな感想が頭の片隅をよぎる。

普段は絶対考えないようにしているが、彼女は豊満なバストの持ち主だった。初めて見たときも思ったし、特に夏場はブラウスを窮屈そうに押し上げる膨らみが目立ち……。

なんてことを考えたせいで、ますます二つの膨らみが意識された。

うっとりするような、弾力のある肉厚な質感。しかも、お互いが薄着であるせいで、胸の先端にある蕾の存在まで感じられ、体中の血流が急激に速まった。

うわわわ……。こ、これは、まずいっ……！

「おい、こらっ！　む、胸をギュウギュウ押しつけるな！」

焦ってつい声が大きくなってしまう。

「だって、しがみついてろって言ったのはそっちじゃないですか！　それより部長、結構マッチョですね。なんかやってます？」

筋トレが趣味だと説明するも、むにゅむにゅした柔らかさに、堪らず体が反応しそうになる。彼女の生温かい息が首筋にかかり、すごく好きな香りに混じり、微かに彼女の汗の匂いがし、それらに鋭く情欲を刺激され、まぶたの裏がクラクラした。

「ここ、壁が薄いんで大声出さないでください。あ、鍵はバッグの外ポケットの中です」

冷静に指示する彼女が恨めしく、悪態をつきながら鍵を探し出し、ドアを開ける。

目の前にある剝き出しの肩に嚙みつきたい衝動を抑えながら、わざと乱暴にドアを閉め、彼女を室内に運び入れた。

そういや、もう何年も女性とそういうことをしていない。忙しすぎてそれどころじゃなかったし、男社会だからいい出会いもなく、遊び回る趣味もないため、ご無沙汰だった。

ゆえに、こんなに体が敏感に反応してしまう。気づかないうちに溜まっていたんだな、と今さらながら自覚し、そんなことを思い出させた彼女に対し、ますます苛立ちが募った。

「まったく、僕がこれまで出会ったきた中で、君は史上最凶最低の女だな」

次々と彼女への非難が口をついて出てくる。遅刻魔。うっかり。口悪い態度悪い。見栄っ張り。嘘吐き。だらしないｅｔｃ．……。

ひとしきり彼女を責め、大きく息を吐くと、なんと彼女が声を殺して泣きはじめた。

びっくり仰天し、わかっているのに「おい、泣いてるのか？」と聞いてしまう。

あんなに生意気な彼女が、まさか泣くとはつゆほども思わず、おろおろしてしまう。

とりあえず彼女を抱いてベッドに腰掛け、幼い子にするみたいにヨシヨシとあやした。

そうしたら、彼女はいよいよ本格的に号泣しはじめる。

「うわあああぁぁぁ……うえええええーん！」

「あー、よしよし。おー、よしよし。悪かった。僕が悪かったよ。少しキツく言いすぎた、すまない。頼むから泣くなよ。そんなに泣くと、息が苦しくなるぞ。ほら……」

声を掛けて離そうすると、逆にものすごい力でしがみつかれ、そこですべてをあきらめる。

それから、彼女はこの世の終わりみたいに、わんわん泣き続けた。体中の水分が全部、涙と鼻水になって流れ出て、干からびてしまうんじゃないかというぐらい、豪快な泣きっぷりだった。

まったく、よく食べてよく泣いて……ほんと、天然野生児みたいな子だな。

自分の左肩は彼女の涙で濡れ、彼女の吐く息がそれを温めるのを感じていたら、可哀そうだな、という憐（あわ）れみの感情がじわじわと湧き上がってきた。

思わず目を閉じ、上を向いてつぶやく。

「やれやれ……参ったな。最悪だ……」

きっと最悪な夜なのは、彼女だって同じなんだ。

僕たちは明明後日になったらまた、あの楢浜のオフィスに戻り、朝から晩までプログラムを作り続けなければならないのだから。精神をゴリゴリ削られながら。

可哀そうに。よく頑張ってるよな。僕も冷たくしすぎた。大人気（おとなげ）なかったな……。

人間はそんなに強くないということを、わかっているつもりだったのに。

ごめんな、という謝罪を込め、彼女の背中をいたわるように撫でてやる。

せめて、彼女が泣きやむまで傍にいてやろうと思った。

だが、しかし。この状況は……さすがにまずいよな……。

極力意識しないようにしているが、ベッドで二人の体はこれ以上ないほど密着し、豊かなバストをぎゅうぎゅう押しつけられ、さながら対面座位のような姿勢になっている。

あ……これは……。柔らかくて……いい。いい、としか表現のしようが……。

彼女の腕が背中へ回り、ワイシャツをギュッと握っているのも、やたらドキドキした。

泣きながら彼女は汗を掻いており、それがこちらの腕や腹や腿を湿らせ、そのせいで彼女の体熱や肌の柔らかさが生々しく感じられ、体中の血液がカァッと燃え上がる。

……まずい。非常にまずいぞ。こ、このままでは体が反応してしまう……！

内心おたおたしていると、彼女がずびびっ、と肩口で鼻を啜（すす）り、反射的に声を上げた。

「……おい、こら。僕のワイシャツで鼻水を拭くなっ！」

だが、そんな彼女をすごく可愛いなと思ってしまい、状況は悪化する一方だ。

いつの間にか、彼女は泣きやんでいて、甘えるように艶（なま）めかしい体を寄せてきた。女性フェロモンのような、いい香りに鼻孔を刺激され、否が応でも淫らな気分が高まる……。

「……あの、部長」

彼女の唇が耳朶（じだ）を掠め、体がビクンッと反応してしまった。

あっ……。ま、まずい……。ほんとに、このままでは……自制が……。

熱い血潮が、ドクンドクンと下半身の中心に集まっていく。気分が悪くなるほど飢餓感が強まり、体中の細胞が強烈に彼女を求め、股間の欲望が首をもたげて硬くなる……。

彼女の上唇と下唇が、自分の首筋をふわっと挟んだ。

その瞬間、このまま押し倒して彼女の中に潜り込むイメージに囚われ、それがあまりにも甘美だったゆえ、息を呑む。

「……持田、さん……」

進みたいのか退きたいのか、自分でもわからず、ただ名を呼んだ。

いや、退くべきなのはわかっていた。彼女は部下で、自分は上司。しかも、彼女は少々問題がある。きっちり指導すべきだし、このような行為が不適切なのは、火を見るよりもあきらか。

だが、自分も彼女も成人した独身だ。お互いの気持ちがあれば、なんら違法ではない。

つまり、一人の女性として、彼女をどう思うかと言うと……？

もう、正直……ぶっちゃけてしまうと、ものすごく可愛いと思っていた。

自分が上司でもなんでもなければ、仕事さえ絡まなければ、全然アリだ。

というかむしろ、好きだ……。

「……部長。今夜、泊まっていきませんか？」

突然、夢のようなことを言われ、飛び上がるほど驚き、「な、なんで？」と聞き返す。

「なんでって……。えーと、寂しいから……」

泊まっていけ、という言葉に股間の怒張が反応し、いっそう硬くなった。

「なぜだっ？　き、きっ、君は、僕のことが大嫌いなんじゃないのかっ？」

自分でも呆れるほど取り乱して聞くと、彼女は淡々と答えた。

「嫌いじゃないですよ。嫌いだなんて、言ったことないし。それに、性格が合うかどうかと、男性としてエッチしてみたいかどうかは、別ですから」

「え、え、エッチ……」

そりゃ、僕だって許されるならエッチしたい。男なら誰だってしたくてしょうがないに、決まってるだろっ！

世界に向けて絶叫したい衝動を、かろうじて堪える。

……ダメだ。彼女は軽すぎる。今どきの女子は皆、こんな感じなのか？ 遊び慣れて、刹那主義と言うか。恐らく彼女は一晩だけ僕と楽しみ、あとは知らんぷりで元通りになると、タカをくっているんだ。残念ながら、社内の関係はそんなに甘くないぞ……。

成親はこれまでいくつもの社内恋愛を目にしてきた。結論から言うと、別れたらどちらかが退職し、結婚してもどちらかが退職するという、片方が離職する確率が非常に高い。

冷静に判断するなら、未来のない関係は持たないほうが、お互いのためだと言えた。

だが、男の下半身は別の生き物なのだ。怒張は欲望に忠実で、彼女の「エッチ」というワードに大歓喜し、ますますいきり勃っている。

……どうする？ 彼女自身がいいと言うのなら、このまま……。

頭の中が真っ白になり、彼女の背中を抱いている手が、自然に動く……。

手が滑り下り、彼女の臀部を撫でた。尻は艶美なカーブを描き、その割れ目に沿って指先を前まで滑らせると、秘裂のある部分に少し、熱がこもっているように感じる。

指先に触れる布地の向こうに、密やかな花びらがあり、中心部はしっとりと潤い、その奥にめくるめくような沼があるのを想像するだけで、クラクラと目眩がした。

少し体を離し、彼女の頬に貼りついた髪を払うと、大きな瞳がこちらを見つめている。

涙で濡れた頬は上気し、ふっくらした唇は少し開かれ、ゾクゾクするほど色っぽい。

そのとき、せがむように頬にキスされ、気づいたら彼女を仰向けに押し倒していた。

「……部長。お願いします……」

桃色の唇が、誘うようにつぶやく。

彼女を組み敷きながら、もういっそ、やってしまおうかと思った。

明日がどうなろうが、会社がどうなろうが、もう構わない。そんなものは、またあとで考えればいい。

その代わり、今夜は一晩中、寝る間も惜しんで彼女と激しく抱き合いたい。

勃ち上がったものに力がみなぎり、スーツを突き破りそうな勢いで押し上げる。

血圧が急上昇し、体中の汗腺（かんせん）が開いて、轟（とどろ）く鼓動の音が脳天まで響いていた。

「こ、今夜はこのまま寝ろ。全部忘れるんだ。月曜日はちゃんと定時に出社しろよ」

ようやく絞り出した声は、みっともないほど震えてしまう。

尋常じゃない精神力でベッドから降りたとき、視界の隅に彼女の呆気に取られた顔が映った。

それをどうにか振りきって、逃げるように玄関から外に出て、後ろ手にドアを閉める。

急いで階段を下りて車まで戻ると、一生分の疲労が全身にのし掛かってくる気がした。

次の月曜日の朝、五時五十五分。織江はすでに起きていた。

寝間着のTシャツ姿でベッドの上に正座し、息を詰めてスマホの画面を見つめる。

突如、着信音が鳴り響き、息を呑む。画面には『山之前部長』と表示されていた。

自ずと期待は膨らむ。いつもなら、まずSNSのメッセージが先に来るはずなのに、いきなり電話が来たということは……？

すぐ出たかったけど、心の中で一、二、三まで数えてから、通話をタップした。

「もしもし……？」

躊躇（ためら）うような数秒の間のあと、うっとりするようないい声がスピーカーから響く。

『……おはよう。もう起きてるのか？』

「あ、お、起きてます。おはようございます……」

恋人同士のやり取りみたいで、やたらどぎまぎしてしまう。

これまでずっと、毎朝同じようなやり取りをしてきたはずなのに。

成親は「そうか」と言ったあと、ふたたび数秒沈黙し、少し遠慮がちに聞いてきた。

『その……金曜日は、大丈夫だったか？』

あの夜、かなり大胆に彼を誘ってしまった自覚はある。酒に強い織江はすべてクリアに憶えていたし、二日酔いもなかったし、そのことについて後悔はしていなかった。

成親にきっぱり拒否されたせいで、むしろ、彼に対する好感度は爆上がりしている。

「大丈夫、です。……部長は？」

『僕？　ああ、僕は大丈夫だ。一滴も呑んでなかったし』

心臓まで響くような美声に、ポーッとなった。彼って、こんなにイケボだったたっけ？

「そう、ですよね……」

しばしの沈黙。話したいことがたくさんある気がするのに、言葉にならない。

『なら、大丈夫だな。定時までに出社するように』

成親は無感情に命じ、そのまま電話は切れる。

めずらしく早起きだなとか、よく起きられたなとか、いつものからかい口調は一切なかった。

たったこれだけのやり取りなのに、膨大なエネルギーを消耗した気がして、肺の中の空気を吐き尽くし、ボスッと枕に突っ伏す。

うわー、なんか……。これはちょっと、ヤバイ兆候かも……。

まず、連絡が来る前に目が覚めてしまったこと。いつもより一億倍、彼の声がカッコよく聞こえたこと。ドキドキしながら連絡を待ちわびたことも否定できない。電話が鳴り、舞い上がるような気分になったことも。

そして、電話を切ったあとの、この強烈な寂しさ……。

枕をぎゅっと抱きしめ、たどり着いた結論は。

もしや、私……。ほんのちょっとだけ、意識しちゃってませんか？　部長のこと。

「うわ、さすがにこれは……。うわ～、まずい気がするぞ～！」

うわうわ言いながら髪を掻きむしり、狭い部屋の中をうろうろ歩き回る。

いやいや。あの、山之前部長だぞ。鬼メガネだぞ？　ないない。あり得ないでしょ！

金曜の夜、織江はぐっすり寝入ってしまい、目覚めたのは昼間だった。SNSで成親に【送ってくれて、ありがとうございました】と伝えると、返ってきた言葉は実に素っ気ないものだった。

【どういたしまして。月曜日は定時に出社するように】

夜に佐奈から連絡が来て、めでたく唐橋と付き合うことになったと聞いた。

織江は祝福の言葉を述べつつ、成親との間に起きたことはうまく話せなかった。

具体的になにか起きたわけではない。なにも起きてないと言えば、その通りだし……。

日曜日は掃除や買い出しをしながら、成親からなにか連絡がないかと何度もスマホをチェックし、沈黙を保つロック画面を見てはがっかりする、ということを繰り返した。

あんなことがあったけど、結局、なにもかも元通りってことなのかな……？

視線の先には、アイボリー色のカバーが掛けられたベッドがある。

あれから自分のベッドを見るたび、成親のことを思い出しては独りモダモダしていた。

本当に、この部屋にあの山之前部長が来たなんて……。いまだに信じられない……。

けど、たしかに彼はいたのだ。ベッドの上に腰掛け、ずっと抱きしめてくれていた。

背の高い彼は、腕も脚も非常に長く、いつもより部屋が狭く感じられた。あと、存在感も強烈で、この質素な部屋と彼の上品なオーラのギャップを強く印象づけられている。

山之前部長、すごく優しかったな……。

いたわるような手のひらと、包み込むような大きな胸。優しいだけじゃない。ズケズケ踏み込んでくる無神経タイプかと思いきや、触れたり抱きしめたりするのは遠慮がちで、女扱いに慣れているかと思いきや、おろおろする様子が堪らなく可愛かった。

彼の指が、涙で貼りついた髪を払ってくれたとき、こちらを心配そうにのぞき込む眼差しに、心をグッと奪われてしまった気がする。

ああいう、こちらを傷つけないように、控えめに触れてくれる人、すごく好き……。

鬼メガネ登場で最悪の夜だと思っていたけど、実はそうじゃないのかもしれない。

よくよく考えたら、成親は性格さえ除けばステータスに非の打ちどころがなく、容姿も抜群なのだ。

しかも、あの鬼メガネは仮の姿で、実は優しくて誠実な男性だったとしたら……？

そこまで考え、時刻が六時半を過ぎたことに気づき、ぎょっとした。

「やばやばやば。遅刻するっ！」

すぐ顔を洗って着替え、大豆バーを頬張りながら、急いでメイクに取り掛かる。

成親と別れてから、織江の心は『彼を好きかも』と『鬼メガネだけはあり得ない』の間を、振り子のように行ったり来たりしていた。

けど、普通あそこまで迫ってさ、拒否するかな？

もしかして、私、女としての魅力皆無とか……？

なんて不安を覚えつつ、社員証を確認してショルダーバッグを手に玄関から飛び出す。

いや、そんなことない。あれが私の最大出力だし、きっと一般的男子なら成立しているはず。つまり、部長が一般レベル以上に誠実で、私を部下として大切に思ってくれているのかも……。

小走りで自動改札をすり抜け、エスカレーターを駆け上がり、地下鉄に乗り込んだ。

部長って私のこと、どう思ってるのかな？　迷惑掛けちゃったし、さすがに嫌われた？

でも、あのときの彼は困ってはいたけど、嫌われた感じはしなかった……。

もう少し、二人きりで話してみたい気がする……。

金曜の夜を思い返しては、成親について考え、危うく乗り過ごしそうになった。

どうにか無事に豊洲駅で降り、始業時刻に間に合うタイミングで本社ビルに滑り込む。

恋の力は偉大である。

そんな格言めいた言葉がある。偉大どころか、無限大だと思った。それまで、何事にも無関心で無気力だった人が、恋をした途端、仕事に精を出し、体を鍛えて身綺麗にし、生まれ変わったように生きる、ということがあり得る。

それは織江にも言えることで、「義務だから」「就業規則だから」という理由づけでは、朝早く起きるのさえままならなかったのに、恋をしたら、早朝にパッチリ目が覚めたのだ。しかも、しっかりメイクも仕上げ、定時出社も余裕で果たした。

恋の力を原動力にすれば、人は実力の三百パーセントを発揮できるのだ。

逆に、嫌々やることは、実力の一パーセントも発揮できないのかもしれない。

……恋？　いや、恋と呼ぶにはまだ早すぎるでしょ！　部長に対するこの気持ちは。

内心で恋心を否定しつつ、九階のワークエリアに足を踏み入れた瞬間、視線をレーザースキャナーの如く走らせ、成親の姿を追い求めてしまう。

結局、彼は見つからず、安堵したような、残念なような、複雑な気持ちになった。

デスクにつき、スケジュールアプリを確認すると、成親の今日の予定は『梅上(うめがみ)電機様打ち合わせ』としかない。

「王ちゃん。山之前部長って今日、戻ってくるのかな？　知ってる？」

モニター越しに声を掛けると、王皓はひょこっと顔をのぞかせて答えた。

「知らない。石山さんと梅上電機に行ってる。新規案件だから、長くなりそうだけどね」

「梅上電機って、たしか静岡だよね。なら、さすがに直帰かなぁ……」

「遠いからね。それより持田さん、金曜日はどうだった？　うまくいった？」

織江はなんて答えようか「うーん」となり、渋い顔をして首を横に振った。

王皓は勝手に解釈してくれたらしく、明るい調子で励ましてくれる。

「それは残念だったね。大丈夫。次があるよ！」

「ありがとう！　王ちゃんはいい奴だな。けど、収穫がゼロだったわけじゃないんだ」

「そうか。いいね。持田さんなら、きっとうまくいくよ。頑張れ」

こういうとき、男子はさっぱりしていていいと思う。根掘り葉掘り聞いてこないから。

なら、今日は部長に会えないのか……。

自分でも戸惑うほど残念な気持ちになる。以前は、顔を見るのも嫌だったというのに。

SNSを送ることも考えたけど、なにをどう書いていいかわからないし、しつこい女だと思われるのが嫌だったので、あきらめた。

それに、やらねばならないタスクは山のようにある。

織江は頭を切り替え、パソコンに意識を集中し、テストの結果報告書を作りはじめた。

この仕事をしていてつくづく思うけど、この世に作らねばならないプログラムは無数にあり、直さねばならないプログラムも無限に湧いて出て、完成という状態は存在しない。我々にできるのは、せいぜいどこで区切るか調整するぐらいで永遠に終わらないのだ。仮にもし「これが完成だ」と決めたとしても、現実の世界とは流動的で、法改正があったり業務が変わったりする。すると、それに合わせ必ずプログラムの修正は発生する。まるで生きている巨大生物みたいだ。細胞は次々に新陳代謝し、病気になったり、治療されたりしながら、周囲の環境に合わせて形を変え、進化を遂げていく。

きっと、織江が死んだあともＥＭＲＳは残り続け、いつかＥＭＲＳが消滅するときを迎えても、それに代わる新システムがまた誕生し、機能は引き継がれていくんだろう。

本来は、業務を楽にして個人を幸せにするはずのシステムに、逆に振り回されて追われていると感じながら、今日も織江はプログラムを修正するべく、せっせと手を動かした。

あっという間に終業時刻になり、「お疲れさまでした〜」の声がオフィス内に響く。

織江がチラッとワークエリアのほうを確認すると、成親の席はポツンと空いていた。

成親はどうやら、今日は戻ってこないらしい。

「持田さん。今日も残業するの？」

王皓にそう聞かれ、織江は「あ、うん」とうなずき、迷いながら答える。

「なんか進みが遅いから、もうちょっとだけやろうかなと。王ちゃんも残業？」

「うん。わし、今月は早く帰れそうにない。その代わり、八月入ったら有休取るから」

織江は「そっか」と返事をし、なぜ自分は残業するんだろう？　と考えていた。

今やっている修正はスケジュールにまだ余裕がある。早く終わらせたらその分、次のプログラムに取り掛かるのが早まるだけで、どうせ終わりはないのに。

もしかして、私、無意識のうちに待っちゃってる？　部長のこと……。

そういうことだと思い当たり、憂鬱になった。これは恋多き織江だからわかる、恋に落ちた初期症状の一つだ。もしかしたら、自分で思っているより重症かもしれないぞ……。

彼はもう戻ってこないし、早めに切り上げよう……と決意したにもかかわらず、ダラダラ残業してしまい、二十時前になった。

もういい加減にしなきゃ、とパソコンをシャットダウンし、帰り支度をしはじめた。

そのとき。

見知った人影が、ワークエリアに入ってきたのが見え、織江は片付ける手をとめた。

その人は、こちらへ向かってまっすぐに大股でやってくる。

山之前部長っ……！

鼓動が微かに速まる。その姿が視界に入った瞬間、とっくに成親だとわかっていた。

視力がいいわけじゃないのに、すぐに彼だとわかる。ちょっとした仕草や身のこなしや歩きかたが、俊敏かつ無駄がなく、その独特な男らしさが以前から好きだった。

自分でも信じられないほど気分が高揚し、彼に会えるのをこんなにも待ちわびていたこなった。

彼が開発室に入ってきたとき、頭の中はもう真っ白で、なにをしていたのかわからなくとに気づく。

異変に気づかない王皓が呑気に声を掛ける。

「山之前さん、お疲れさまです」

「ああ、王くん、お疲れ」

成親が答える声だけ聞こえた。相変わらず、すごく好みの声をしている。

「静岡から戻られたんですね。梅上電機はどうでした？」

「ああ。ようやく話が具体的になってきた。ただ、提示された納期が短すぎてな……」

二人の会話を横で聞きながら、なぜかうまく成親のほうを見られない。

「……で、どうして戻ってきたんです？　開発になにか用事があったんですか？」

王皓の無邪気な問いに、織江はようやく顔を上げ、期待して成親のほうを見た。

もしかしたら、自分に会うために戻ってきてくれたのかもしれない、などと夢見たのだ。

「あ……い、いや。開発に用事があったわけではないんだが……」

成親は言い淀み、横目で織江をチラッと見てから、こう言った。

「まだ仕事が残ってたから、戻ってきたんだ。それだけだよ」

「そうですか。お疲れさまです」

王皓はすんなり納得し、視線をパソコンの画面に戻す。

なんとなく、成親と織江が話すターンになり、織江は重たい口を開いた。

「……お疲れさまです。部長」

「ああ、お疲れさま……」

成親は少し距離を取って立ち、織江のほうを斜めに見て、居心地悪そうにしている。

織江もいざ成親を前にすると、抱き合った金曜の夜が思い出され、恥ずかしくなった。

「きょ、今日は定時に出社できたのか？」

「あ、はい。大丈夫です。ちゃんと来られました。部長から電話いただきましたし……」

「そうか。それなら、よかった」

部長。もしかして、私に会うために戻ってきてくれたんですか？

なんてことを聞けるわけがない。絶対に違うし、さすがにそこまで自惚れていない。この生真面目な鬼部長は、暇さえあれば仕事するワーカホリックで、部下ともうかつに寝ない堅物なのだ。

けど、なにしに開発室へ来たんだろ？　王ちゃんと雑談するためだけじゃないよね？

成親の自分を見る目が、以前とは少し違う気がして、充分ドキドキさせられる。

「あの、私、今夜はこれで、帰りますので……」

ショルダーバッグを手にそう言うと、成親は少しほっとしたようにうなずく。

「ああ、そうか。遅くまでお疲れさま。気をつけて帰りなさい」

気をつけて帰りなさい、か。なんかよそよそしい、上司ぶってる言葉……。

少々がっかりした気持ちを抱え、織江は黙って立ち上がった。

結局、成親と個人的な話をすることはなく、以前と同じ毎日が続くだけとなった。

けど、織江の中で『合コンは最悪だった』という評価は改まりつつある。

本当に最悪だったかどうかは、結果が出るまでわからないから、保留すべきだ。

……結果？　私、なんの結果を待ってるの？

七月も下旬に差し掛かり、仕事のほうは慢性的に忙しく、ユーザーからバグの報告は尽きず、改善要望は五月雨(さみだれ)の如く降りかかり、法改正や業務変更による仕様変更は山のようで、織江は心を無にしてひたすら詳細設計書を書き、黙々とコーディングし続けた。

とはいえ、目に見えない小さな変化があるっちゃ、ある。

一つ目は、早起きが苦にならなくなったこと。

もっと言えば、それは成親と毎朝電話するようになったおかげだ。

「おはようございます」

『おはよう。……起きてるのか？』

「あ、はい」

『定時に来るように』

「はい」

たったこれだけのやり取りなのに、毎朝バカみたいにドキドキした。

堪らなく好きなイケボというのもある。ＳＮＳではなく、直接電話が来るようになったのもうれしい。以前より親密さが増した気がして。

けど、このやり取りも人事評価会議のある七月末で終わると思うと、寂しくもあった。

二つ目は、会社に行くのにも、服やメイクに気合いを入れるようになったこと。

以前は寝ぐせ頭が当たり前だったのに、最近は毎朝ヘアアイロンで丁寧に巻いていた。

——ま、僕も美女のくだりは、完全にまったくの嘘、というわけでもなかったが……。

帰りの車中で言われた、成親の言葉が忘れられなかった。これはつまり、君は美人だよと、遠回しに褒められた気がして、思い出すたびにうれしくて舞い上がってしまう。

成親から、美人だと思われたままでいたかった。だから、自ずと綺麗にしているのだ。

三つ目は、これは自意識過剰かもしれないけど、最近やたら成親の視線を感じること。

開発室では王皓が窓を背にして座り、それに向かい合う形で織江が座っている。織江は、成親のいるワークエリアに背を向けているが、勤務中、背後からじっと誰かに見られている感じがするのだ。

　ゴミ捨てしたり首の体操をしたり、なにかの折にワークエリアを振り返って確認すると、成親が慌てたように、パッと視線を逸らすのが見え、あれ？　と思うのだ。

　気のせいではないと確信したのは、王皓のこんなセリフを聞いたときだった。

「開発室になんかあるのかな？　山之前さん、最近やたらこっち見てるんだけどさ」

　なにも知らない王皓は、不思議そうに開発室内をぐるりと眺め回している。

　部長。そんなにあからさまにこっち見てたら、王ちゃんに気づかれちゃう……！

　内心どぎまぎしながら、「そう？　気のせいじゃない？」と言ってすっとぼけた。

　もちろん、すべてが気のせいの可能性もある。単に開発メンバーがちゃんと作業しているかどうか、見張っている可能性も。

　もしかしたら、部長も私のこと、意識してるのかも？

　湧き上がる期待を、必死で打ち消し続けるけど、彼の視線が気になって仕方なかった。

　あまりに気になりすぎてソワソワし、王皓に「大丈夫？」と心配される始末だ。

「ごめんごめん。大丈夫だよ」

　笑顔でそう返しながら、そのうち気にならなくなるだろうと、タカをくくっていた。

　そうして、七月最後の営業日を迎え、唐突に朝の電話でこんなことを言い渡される。

『僕が朝電話するのは、今日が最後だ。よかったな』

「えっ？　あっ、ああ、そうなんですか……」

素直によかったとは思えない。当たり前になっていたし、毎朝楽しみにしていたのに。

『人事評価会議も無事終わったし、契約の更新のほうは、大丈夫だから』

「そうですよね、契約の更新のためですもんね……。ありがとうございます」

いろいろあって当初の目的を忘れていたけど、成親は約束を守ってくれたのだ。

『どうだ？　少しは一人で起きられるようになったか？』

「少しは……。けど、名残惜しいっていうか、寂しいです。電話が来なくなったら」

すると、スピーカーの向こうで成親が、クックッ、と低く笑っている。

『鬼メガネから随分出世したな、僕も。君に寂しいと言われるとは』

「その件はもう忘れてください……」

彼が、クスッと笑うのが聞こえる。

すごく素敵だなと思った。できれば、彼が笑うのをもっと聞いていたいな……。

『じゃあな。頑張って定時に出社しろよ』

そこで、無情にも電話は切れた。

えええ……。最後の電話なのに、たったそれだけ？

ひどくがっかりしてしまう。彼との特別な繋がりが一つ切れたようで、自分はこんなに寂しいのに、彼にとっては大したことないらしい。

これは、あれかな。完全に脈ナシってことなのかな……？

それならそれで仕方ない。まあ、そのうち忘れるでしょうと、楽観的に構えた。

なのに、成親に対する気持ちは萎れるどころか、日を追うごとに膨らんでいく。

毎朝連絡が来なくなり、想像以上の喪失感を抱えた。

まさか……。これは……恋じゃないよね？

繰り返される自問自答。うん、恋じゃない。さすがに違うよ。そんなに簡単じゃない。

でも、意識せずにはいられないのはたしかで、『ただの上司以上、恋愛未満』の存在になりつつあった。

当然ながら、成親のほうからアクションがあるはずもなく、進むにしろ退くにしろ、織江のほうがきっかけ作りをするしかない。

これまで私、どんな恋愛してきたんだっけ……？

改めて振り返ると、カラダから始まる関係が多かった。学生の頃は、告白して、デートをして、キスをして……と段階を踏んでいたけど、社会人になったら即物的になり、まずはカラダの相性から、というのが増えた。皆、仕事が忙しいせいもあるかもしれない。

織江自身、そういう始まりかたに抵抗はない。むしろ、わかりやすくていいと思う。もういい歳だし、恋愛の酸いも甘いもある程度、理解しているし。

どちらかと言うと、鈍感でウブでいかにも恋愛に疎そうなのは成親のほうな気がした。

織江は正直、こういうウジウジした中途半端な状態が苦手だ。こと恋愛に関しては、やりたいならやる、フラれるならフラれる、そんな風に白黒はっきりつけたい性格だった。

だから、これまでの恋愛も能動的にアプローチし、織江が主導で関係を作ってきた。

グズグズしてたら、あっという間に十年ぐらい経ちそう。なんとかしたいな……。

このまま待っていても、成親はなにかアクションを起こすようなタイプじゃない。

そんな風に思いはじめた矢先、二人の関係を発展させる千載一遇のチャンスが訪れた。

第四章　鬼メガネと静岡出張

「わし、明日は有休なんですが……。ちゃんと先月申請しましたよね？」

「知っているが、そこをなんとか。なんとか頼む。翌日に振り替えるとかできないか？」

開発室内。王皓と成親が言い合っていて、織江はその横で聞き耳を立てていた。

「できませんよ！　大事な約束がありますし、その日のために調整してきたんです！」

「うーん、ダメか。その約束は変更できないのかな？　別の日にしてもらうとか……」

「ダメです。嫌です。別にわしじゃなくても、いいじゃないですか。持田さんとか……」

急に話を振られ、織江はびっくりして「えっ？　私？」と姿勢を正す。

「あー、うん。いやー、しかし……」

成親は賛同いたしかねるといった様子で、渋っている。

仕方なく織江が「なんの話ですか？」と質問すると、王皓が答えた。

「明日、山之前さんと二人で梅上電機に行ってくれない？」

「え？　私ですか？　けど、いつも石山くんか、王ちゃんが行ってますよね？」

そう聞き返すと、成親が困り果てた顔で言う。

「石山の奴、明日も休みますって一方的に宣言して、そのあと連絡が取れないんだ……」

石山は今日も休暇を取っていた。よっぽど成親に同行するのが嫌だったんだろうか。

もしかしたら、このまま辞めちゃうのかも、と織江はチラリと思う。石山は日に日に顔色が悪くなり、誰に対してもとげとげしい態度で、今やナラシスへの嫌悪を露わにしていた。

ナラシスというより、世の中すべてが憎らしい、ぐらいのネガティブさを感じる。

忙しい成親のイライラとは種類の違う、根っこの深い闇がある気がした。

「なら、開発リーダーに任せたら。あれ、リーダーは？　あの人、いつもいなくない？」

織江が周りを見回すと、王皓が「リーダーは別件で明日も出張」と教えてくれた。

「そんなに難しいことない。山之前さんの言う通りにパソコンを動かしたり、資料配ったりするだけ。もし、開発に関することでなにか質問されてわかんなかったら、あとで回答しますって言って、持ち帰ってくれれば、わしが調べるから」

「どうだ？　できそうか？　出来る限りサポートはするが、無理はしなくていいぞ……」

成親にそう言われ、織江は俄然やる気になる。成親のサポートがあるなら百人力だ。

「大丈夫だと思います。難しい質問が来たら、王ちゃんの言う通り、持ち帰りますんで」

「もし、死ぬほど困ったら電話してくれたら、わし、出るよ。休暇中だけど」

親切なことに王皓もサポートを申し出てくれ、織江は力強くうなずいた。

「ちょっと待て。無理はしなくていい。君はほら、例のアドオンの修正もあるだろ……」

なぜかうろたえている成親に、「それはもう終わりました」と即答する。

「いいじゃないですか。せっかく持田さんやる気になってるし、行ってもらいましょう」

王皓がゴリ押ししても、成親はまだ「だが、しかし……」と難色を示している。

まさか、部長。私と二人きりになるのが嫌だとか……？

そう思い当たると、ここは是が非でも行かなければ、という焦燥に駆られた。

「大丈夫です！　何事も経験ですね。持田さんが現地に行って、わしは電話でサポートします」

「よし、決まりですすし、私、やってみたいんです。行かせてください」

王皓と織江に押し切られる形で、成親は「わ、わかった……」とやむなく承諾する。

こうして織江は成親と二人きりで、静岡市内にある梅上電機へ出張することになった。

気になる部長と、二人きりで日帰り出張っ……！

などという浮かれた気分はさほどなく、織江はそれなりに緊張して準備を進めた。

とかく客先というのは気を遣うし、これから契約を取ろうというのに、下手なことをして信頼を失うのはまずい。それに、提案の段階で言ったことを、設計や開発の段階になって「あのとき約束したのに」と、言った言わないで揉めることも多いため、こういう席は慎重さが不可欠だった。

余計な手出しはせず、部長に全部任せて、私は黙って手伝うことに専念しよ……。

現地集合ということで、静岡駅に一つしかない新幹線の改札口で、朝十時に成親と待ち合わせることになった。

そして、翌日。

起きる時間はいつもと同じだった。織江は乗り換え案内を確認し、東京駅まで行く。ひさしぶりの新幹線。ちょっとした旅行気分でドーナツを買い、こだま号に乗り込む。乗車時間は約一時間半。車窓の景色を楽しみながら、朝食代わりのドーナツを食べ、アイスティーを飲み、約束の時間通りに着く旨のSNSを成親へ送った。

【了解。梅上電機の本社は静岡市の駿河区にある。梅上電機は大正時代、創業者の梅上礼二氏が手掛けた金属加工業が始まりなんだ。ネットで少し見ておくといい】

色気もそつもない、ビジネスライクな回答だ。仕方なくスマホで梅上電機を検索した。今、この席に部長もいればよかったのに。そうしたら、いろんな話ができたのにな。

梅上電機の情報を一通り頭に入れているうちに、新幹線は静岡駅に無事到着し、織江は改札口へ向かった。

生まれて初めての静岡駅！　コンコースにはビジネスマンたちが行き交い、構内にあるカフェや売店は賑わいを見せていた。

エスカレーターで下りると、ちょうど進行方向のわかりやすいところに改札口がある。

人混みから頭一つ抜けた長身の男が、柱を背に立っているのが見えた。グラビアからそのまま飛び出てきたみたく、モデルばりのスタイルにシックなスーツが決まっていて、異様に目立っている。立ってスマホをいじっているだけなのに、なにかの撮影ですか？　と見紛うほど絵になっていた。

自分がダサいリクルートスーツなのが、急に恥ずかしくなる。

嫌でもあの夜を思い出した。マテウスからの帰り際、エレベーターホールで彼を見掛けたときも、今と同じぐらい胸が高鳴っていたっけ。

成親はこちらに気づくと、黙って微かに首を傾げ、南口のほうへ顎をしゃくった。

それを見た織江はつんのめって、顔面から地面へダイブしそうになる。

うわああ。なんなの、そのリアクション！　海外ドラマの人気イケメン俳優ですかっ？

平静を装いながら、内心悶えまくる。けど、めっちゃカッコいい～、うわああ！

「ここから、十五分ぐらいだ。僕は車で来てるから」

素敵な声で成親は言い、さりげなく織江のトートバッグを持ってくれた。

えっ、持ってくれるの？　えっ、車で来てるの？　えっ……？

情報が多すぎて一気に処理できない。結局、織江は無言で成親のあとをついて歩いた。

なんか、めずらしいかも。こういうとき、バッグを持ってくれる男の人って……。

ナラシスに限らず、仕事の場においては男女平等の気風が強く、タスクも平等に割り振られる代わりに、非力な女子扱いされることは少ない。成親の振る舞いはごく自然で、たぶん無意識なんだろうけど、普段男性からぞんざいに扱われ慣れている織江は、驚きとともに感心がとまらなかった。

やっぱり紳士というか、同世代の男子とは違うなぁ。さりげなくてカッコいいよね。

成親はさっさと南口の駐車場に移動し、トランクに二人分の荷物を載せ、エンジンを掛けた。

「これから会うのは、梅上電機の管理統括本部長とＩＴシステム戦略部長、あとはそれぞれの担当者な。管理統括本部ってのは、人事や法務や広報なんかがある部だから」

「はい」

織江は助手席に座り、スマホの画面を開き、梅上電機の組織図を眺めた。

「梅上は稲浜より規模が小さいとはいえ同じメーカーだし、ＥＭＲＳと似たシステムを同時期に導入してる。レガシー化の問題に直面してるのは梅上も同じなんだ。この案件はほぼ取れたに等しいが、先方を安心させたい。プロジェクトが終われば放ったらかし……いわゆる、ヤリ逃げ、なんてところも多いからな。というか、梅上は一度、それを経験しているらしい」

「大変ですね……」

「楢浜重工全面バックアップの元、維持運用もうちがしっかりサポートする。業務担当、システム担当からの相談も、いつ、どんな内容でも優先的に対応する。梅上にうちのノウハウを全部注ぎ込むから、長いお付き合いをしましょう、という提案だ。その代わり、きっちりペイしてもらう」

相変わらずのスピード感だなぁ、と織江は聞きながら苦笑が漏れる。この人はいつだって一秒たりとも無駄にせずに情報を入れてくる。そんなところも、カッコいいんだけど。

「部長、すごいですね。こんな大型の案件をモノにするなんて……」

梅上電機は、織江も名前だけは聞いたことがある。そこそこ有名な中堅どころのメーカーだ。

すると、成親は少し呆れたように横目でこちらを見て言った。

「僕の力なわけないだろ。すべては楢浜重工というネームバリューだよ。楢浜重工のご威光がなければ、ナラシス単体では恐らく一件も取れないよ。たとえ、相手が中小零細だろうがね。日本のメーカーのお偉いさんたちは、まだまだ古くからある名門企業に対する信頼が厚いんだよ」

「なるほど……」

「今日は、君はそんなに頑張らなくていい。僕の指示通りに動いて、議事録だけ取ってくれれば。開発に関する質問は僕が答えるから。君は梅上側の話を聞いて、自分なりに勉強してくれ」

「わかりました」

「本当はなぁ、石山に任せようと思ってたんだが。あいつも、やればできる奴なのに」

独り言みたいな成親のつぶやきに対し、織江はどう答えていいかわからなかった。

石山は成親に強い憎悪を募らせ、あまりいい状態とは言えない。けど、そのことを成親に言ったところで、事態が好転するとも思えなかった。石山から口止めもされているし。

実は、織江にも似たような経験がある。なにもかもがうまくいかず、周りからは馬鹿にされ、すべてが憎くて憎くてしょうがないという経験が。そんなときは、周囲に対する恨みが募り、なにを言われても、どんな助言をされても、マイナスにしか聞こえないのだ。

結局、織江にできることはなにもない。石山には石山なりの生きかたがあるのだから。

「そうそう、管理統括本部長の石場(いしば)さんは、将棋が好きらしい。中学の頃から将棋同好会に入っていたそうだ。ITシステム戦略部長の三井(みつい)さんは、無類の釣り好きらしくてさ……」

成親は少し楽しそうに、梅上電機の人たちの趣味や来歴を語っている。

「部長。もしかして、客先の方たちの趣味とか出身地とか、全部把握してるんですか？」

「もちろん、把握してるよ。事前にある程度調べたしな。当然だろ」

「まだ提案の段階なのに？　もしかしたら、失注するかもしれないじゃないですか」

「失注しようがしまいが、無駄にはならないだろ。その客先と今後、別の形で関わるかもしれないじゃないか。人と人との繋がりが一番重要なんだ。相手について知っておくに越したことはない」

ひえぇ……。山之前部長、意識高すぎる……。

織江は内心慄いてしまう。石山にこのレベルの意識の高さを求めても、無理そうだ。成親の仕事に対する真剣さに感心する。社内外で人望が厚いのもうなずけた。現に織江も今、成親に任せておけば大丈夫と、絶大な信頼を置いているし。きっと皆、こんな気持ちになるんだろう。

だからこそ、石山との温度差が浮き彫りだった。成親が石山に期待を寄せ、真摯に指導したところで、石山にそもそもやる気は無く、頑張れば頑張るほど成親一人で空回りするだけだ。

私が同情するのも変な話だけど……。山之前部長、可哀そうだな……。

――憐れみは恋の始まり。

そんな言葉を、いつかどこかで聞いた。そのときは、一理あるなんて思っていたけど。

せっかく二人きりなのに、真面目な仕事の話ばかり。なのに、成親の人となりを知れば知るほど、惹かれていく気がして、このままだとマズイなと思いはじめていた。

間もなく、車は梅上電機に到着し、二人は本社の会議室に移動する。

そこで、梅上電機の担当者たちと初めて対面し、織江だけ名刺交換をした。

さっそく成親の作成した資料を元にプレゼンが始まる。主に楢浜重工のＥＭＲＳが、現状どういう風に運用されているかを具体的に説明した内容で、ポンポン質問が飛んできては成親が即答し、たまに関係のない雑談を交えながら、会議は非常にリラックスした雰囲気で進行した。

資料が超わかりやすい。質問に対する回答が的確。部長のシステムに関する知識がすごすぎて、安心感がハンパない。あと、梅上電機の業務内容に、なんで部長がそんなに詳しいわけ……？

織江は黙って議事録を取りつつ、驚きの連続だった。成親は梅上電機に長く勤める社員ですか？　と思わせるほど精通している。マメに現場へ足を運び、人間関係を構築し、調べたんだろう。

だからだろうか。梅上電機の担当者たちの、成親への信頼感は手に取るようにわかり、傍から見ても、この案件は取ったも同然と思えた。

梅上電機の担当者たちは皆、明るく牧歌的な人柄だ。素朴に梅上電機を愛し、真摯に仕事をしているのが見て取れた。成親はそんな彼らに好かれ、頼りにされているらしい。

そのあと、部長クラスである石場と三井は「あとは担当に詳しい話を」と言い残し、席を外した。成親と織江は、梅上電機の社員食堂に案内され、担当者たちと昼食を取る。

食堂には、工場勤務者らしき作業着姿の従業員ばかりいて、織江的に目新しかった。

昼食のあと、ＩＴシステム戦略部のオフィスに移動し、担当者相手にプレゼンの続きをする。

後半戦はとにかく、成親のパッションに圧倒された。既存システムをうまく生かそう！　レガシー化は必ず防げる。不安でも、わからなくても大丈夫。うちに任せて欲しい。御社の業務に深く入り込み、必ずやサポートする。このプロジェクトを通して、御社のＩＴ部門の社員たちも一緒に、システムに精通したコンサルタントとして、成長して欲しい……。

非常にポジティブで、明るい希望の持てる提案だった。なにより、成親が本気でそう思っているのが伝わってくる。これを、業務知識もなく、システムも知らない人間が言えばいかがわしく響くけど、成親には盤石の基盤があるゆえ、「この人についていこう」という気持ちにさせられた。

――山之前さん、スーパーマンだよ。

いつかそう言ったのは王皓だった。山之前成親スーパーマン説は真実らしい。この人一人で本当に営業も企画もこなし、神業のように案件を勝ち取ってくる。

織江はひたすら議事録を取り、すごい、すごすぎ、と内心千回ぐらい繰り返していた。

そして無事成約と相成り、あとは双方の社の役員が契約書にサインするのみとなった。

すべて終わったのは夕方の五時。二人は担当者と別れ、駐車場に戻ってきた。

二人して車に乗り込んだ瞬間、ビジネスモードが解除され、どちらからともなくため息が出る。

「部長。成約、おめでとうございます。すごかったです」

織江が心から言うと、成親はシートにぐったりもたれ、ぼんやり上を見つめて言った。

「……疲れた。十年分ぐらい、しゃべった気分だ……」

少し弱っている彼に、キュンとしてしまう。

そんな風に隙を見せられると、特別扱いされていると、勘違いしそうになる……。

成親は顎を上げたまま数秒目を閉じ、パッと長い胴体を起こしてこちらを見た。

「どうする？　このまま家まで送っていこうか？　二時間半掛かってもよければ、だが」

「あっ、お願いします！　もし、部長がご迷惑でなければ……ですが」

「僕なら大丈夫。運転は好きだし、どうせ東京まで帰るから。着くのは二十時過ぎるが」

「金曜日だし、遅くなっても大丈夫です。それに、もう少し、部長と一緒にいたいし」

クールを装ったつもりだけど、最後の一言はむちゃくちゃ勇気が要った。

成親はドキリとしたように身じろぎし、なにか言おうとする。けど、それは声にならず、もう一度、もの言いたげに口を開き、やっぱりやめるという仕草を繰り返した。

最終的に、成親はなにも言わず、黙って車を発進させる。

織江はその様子を目で追い、彼も少なからずこちらを意識しているんだと気づいた。

車はバイパスを通り、清水ＩＣから新東名高速に入り、東へ向かって走りはじめる。

なにか話したほうがいいのかな？　なんだかドキドキして、少しだけ緊張する……。

けど、なにを話していいか思いつかず、このまま黙っていたほうがいい気もした。

結局、織江は成親と一緒に、進行方向の空がゆっくりと暮れていくのを見つめ続けた。

「疲れただろ？　寝てていいぞ。着いたら起こしてやるから」

「大丈夫です。部長のほうこそ、疲れてませんか？」

「僕は全然。慣れてるから。運転してると、いい気分転換になるんだ」

ようやく、そこから雑談が始まった。仕事にもあの夜にも関係のない話題で、成親の持っている車や、休日になにしてるとか、好きな食べ物はなにかとか、そういうのだ。

二人とも敢えて無難な話題を選んでいるきらいがあった。今の二人はちょうど、この暮れなずむ空みたいに、仕事とプライベートの曖昧な境界線に立っていて、いきなりあの夜の話をするのは少々重すぎるのだ。

大人になるとそういうことがままある。核心に触れないのが、優しさみたいな。

途中、サービスエリアに寄り、成親に教えてもらった静岡のご当地グルメを楽しんだ。

そこはテーマパークのような雰囲気で、二人は鐘のある展望デッキに上り、駿河湾をはるか水平線まで見渡した。

「うわぁ……。すっごい綺麗ですねぇ……！」

湾の海面にその姿を映し、ゆっくりと沈みゆく夕日を見ながら、織江は訳もなく泣きたい気持ちになる。

こうやって、大自然に目を向けたのがひどくひさしぶりで、心の奥まで染み入った。この世界は本当に素晴らしいんだな、と、しみじみした感動が込み上げる。

太古から過ぎ去った膨大な時間と、この先永遠に続く未来に思いを馳せ、自分はちっぽけな存在だと改めて思い知った。そういう感覚は忘れがちだった。普段オフィスに閉じ込められ、あくせく働いてばかりいると。

成親は半歩下がったところで、同じように海を見ている。その物思いに耽るような横顔が、なにを考えているのか、想像を掻き立てられた。

肩を並べて階段を下りるとき、彼と手を繋げればよかったのに、と少し寂しくなる。

そのあと、売店で王皓にささやかなお土産を買った。織江がどこへ行ってもなにをしても、成親は見守るようについてきてくれる。おしゃべりはないけど心地よく、そういう無言の包容力が好ましかった。

駐車場の奥まったところに停めた車に戻り、エンジンを掛け、エアコンをつける。

「なんだか、デートみたいですね、こういうの」

わかっていながら、わざと彼を困らせることを言ってみる。

運転席の彼は面食らった顔をし、ソワソワした様子で「あぁ」と肯定も否定もしない。

「その、今日は嫌じゃなかったのか？」

彼の問いは予想外で、思わず「え？　なにがですか？」と聞き返してしまう。

「僕と二人きりで出張なんて、嫌がられるかと……」

「そんなことないです。部長のこと、嫌いじゃないですよ。……前も言いましたけど」

「前」とは、例の夜を指しており、二人の間にあのときと同じ空気が漂いはじめた。

「部長って普段は自信満々なのに、とりわけ恋愛になると、急にキャラ変わりますよね」

「はっ？　あっ、いや、れっ、恋愛っ？　そ、それはどういう……？」

びっくりするほど彼はどぎまぎしていて、こちらまで妙にドキドキしてしまう。

「なんとなくそう思っただけです。恋愛絡むと急に自己肯定感が低くなるなって」

彼がうろたえればうろたえるほど、冷静になっていく自分を感じながら言った。

「自信なんてないよ。僕はずっと男社会でやってきたから、君みたいに遊び慣れてるわけじゃない。君だって知ってるだろう？」

「ずっと男子校だったとは聞きましたけど……。この間の夜、部長、急に帰っちゃって、寂しかったです。私」

素直な心情を吐露するると、彼はハッとしたように顔を上げる。

「女の子のほうから誘うのって、結構勇気要るんですよ？　知らんぷりなんてひどい」

「いや、その……それは、すまない。そんなつもりじゃなかったと言うか、その……」

彼は気持ちを落ち着かせるように咳払いし、ひと呼吸してから、小さな声で言った。

「あれから僕も、何度もあの夜のことを思い出して……。仕事してるときや、ふとしたとき、君のことばかり考えてた。やっぱり帰るべきじゃなかったとか、もったいなかったというか、あのまま一緒にいれば……いや、僕はなにを言ってるんだ」

数時間前までのエリートビジネスマンはどこへやら。おろおろする彼は、ただの純朴な一人の男性に過ぎず、すごく可愛いと思ってしまった。

「とにかく、君は部下だし、酔っていたようだし、僕はずっと君に嫌われてたから、自惚れてはならんと自分を戒めてだな……」

わたわたする彼を目に映しながら、ぼんやり思う。自分のこれまでのつっけんどんな態度は、予想以上に彼を傷つけていたのかもしれないと。

「私、部長のこと、好きです」

車内は防音が施されているのか、自分のささやき声がよく響いた。

すると、彼は引き込まれたように、こちらを見つめる。

「好きです、すごく。面倒見がいいところも、一生懸命なところも、頼りになるところも。格好いいなって尊敬してます。あと、今みたいに、弱気になっちゃうところも、可愛くて……好き」

つと腕を伸ばし、指先で彼の胸に触れると、彼は声にならない声を発した。

ワイシャツを通し、響いてくる心音はドラムをめちゃくちゃに叩いているみたいだ。

それに勇気を得、想いを込めて彼の頬にキスした。あの夜の、あのときみたいに。

好き……と、聞こえないぐらいの小声でもう一度ささやくと、彼は息を呑んだ。

すぐ傍にある、メガネ越しの瞳の中に一瞬、なにかがたぎる。

それがなんなのか考える間も与えられず、やにわに両肩を掴まれ、唇を貪られた。


堰（せき）を切って感情が押し寄せてくるような、荒々しいキス。

焦れたように唇をこじ開けられ、成親の舌が押し入ってくる。

「んん……。んふっ……！」

彼の舌が歯列をなぞり、下顎をまさぐり、息吐く間もない。

好意か、劣情か、焦燥か、こんな風に強烈な感情をぶつけられるのは、ひどく気持ちよかった。自分を前にすると冷静でいられなくなる彼が、どうしようもなく愛おしくて。

「んんぅっ……！　も、もっとゆっくり……」

乱れる息の合間に異議を申し立てると、彼はすまなそうに「ごめん……」と謝った。そして、織江の後ろ髪に指を差し入れ、反対の親指で弱くおとがいを押さえ、ふたたび唇を重ねてくる。

今度は、ふんわりと包み込まれるようなキスだった。

そろりと侵入してきた彼の舌に、舌先をそっと絡み取られる。

舌先でつつき合い、頬の内側をくすぐられ、胸がキュンと締めつけられた。

んんぅ……。やっぱり、素敵……。部長……。

織江は彼のたくましい首に腕を回し、もう無我夢中でお互いを味わう。

「……部長のほうこそ、私のこと、嫌いだったんじゃないんですか？」

少し唇が離れたときにささやくと、彼は荒い呼吸をしながら答える。

「そんなことはない。全然嫌いじゃない。異性として意識しないようにしてはいたが」

「けど、私のこと、非常識、図々しい、ダメ人間とか言ってたから……」

すると、彼は眉尻を下げて情けない顔をした。

「それは、君に嫌われてると思ってたから、いじけて拗ねてただけだ」

そうして、おでこ、こめかみ、頬と順番に口づけされる。

「たぶん、僕、真っ赤になってるぞ……。暗くてよかった……」

恥ずかしそうなささやきが、無性に可愛らしくて、うずうずしてしまった。

「ほんとは……ずっと、思ってた。君のこと、すごく可愛いなって……」

掠れた声でそう言われ、ふたたび唇を優しく吸われる。

今言われたことが、嘘か本当かわからないけど、今はどうでもよかった。

もっと彼と繋がりたくて、顔を左右に何度も傾け、口づけをより深めていく……。

鼻孔を掠めるムスクの香りが強くなる。そこにわずかに混ざっている、彼自身の肌の匂いがはっきり感じられ、それにお腹の奥のほうを淡く刺激された。

彼の舌が、こちらの舌の上をゆっくり這っていく……ざらざらした違和感は消え、とろりとした粘膜が溶け合い、彼の舌と自分の境界線がわからなくなった。

少し顎が離れ、舌先と舌先だけ繋がった状態で、彼はあえぐように告白する。

「……好きだ……」

熱い息が、途切れ途切れに顎へ掛かり、うれしい気持ちが湧いてきた。

……私も、好き。大好き……！

そっと舌を差し出すと、彼は愛おしそうにそれを咥え込み、深く味わうように舐る。

だんだんと彼が性的に昂ぶり、雄の本性を露わにしていくのが、赤裸々に感じられた。

濃厚にもつれ合う舌と舌が、彼との激しい性交を期待させ、胸の先端の蕾が硬くなる。

好きだ、という切羽詰まった愛情と、欲しい、という切実な情欲が、舌を介してどっと流れ込んでくるようで、堪らなくいい心地だった。

これほどまで強烈に求められると、自分の中にある女性の部分が満たされるのだ。

車内の静寂に時折、唾液の微かな水音と、くぐもった声が響いた。

キャラメルより甘い口づけに、体の芯がふにゃふにゃにとろけ、意識が遠のいていく。

ああ……。気持ち、よすぎて、もう……。

キスしたまま、運転席へ倒れ込むように彼の太腿に手をつくと、なにか硬いものに触れた。なんだろうと思い、それをぐにっと握ると、口腔内で彼が「んぐっ……」とうめく。

なぜか彼が焦って勢いよく唇が離れると、細い唾液の糸を引くのが見えた。

「あっ、いや、その……すまんっ。そんなつもりじゃ……」

おたおたする彼に、おかしくなる。そんなつもりじゃないって、そんなつもりだよね？

手に触れるそれは熱を持ち、はっきりとその形状がわかるほど、力強くスーツを押し上げていた。

「す、すまない……。その、やはり、こういう状況だと、どうにも抑えきれなくて……」

全然嫌じゃない。謝る必要なんてない。ちゃんと女性として見てくれて、うれしい。

官能的な気分が高まり、気づいたらこんなことを申し出ていた。

「ちょっとだけ、その……舐めてあげましょうか？」

「えっ？」

予想だにしなかったらしく、彼はひどく驚いている。

ベルトのバックルを外し、スーツを引き下ろそうとすると、彼は慌てて声を上げた。

「あ、ちょ、ちょっと待て。そ、それは、まずい。さすがに、まっ、待っ……！」

言葉とは裏腹に、彼は自ら腰を少し浮かせ、脱がせるのを手伝ってくれたので、言うほど嫌ではないんだなと確信する。

そうして、ボクサーショーツから、にゅうとはみ出ている巨大なそれに触れた。

……あっ、熱くて、すごく硬い……。

すらりと勃ち上がるそれは、織江の知る実物より、一回りか二回りほど大きく見えた。先端の傘の部分は雄々しく張り出し、凹凸が非常にくっきりして立派に見える。

なんか……すごく長くて、奥まで届きそう。ちょっと、カタチがやらしいかも……。

これに深々と貫かれる妄想は防ぎようもなく、密かにショーツの下がじんわり潤った。見ていると、彼の尋常じゃない興奮が伝わってきて、息苦しくなるほどドキドキする。

握ったまま、そろそろと手を這わせると、彼の尖った喉仏がゴクリ、と上下した。

「待ってくれ。さすがにそこまでやるのは、まずい。き、君は部下なんだし……」

抑止する声は今にも消え入りそうで、説得力は皆無だった。

運転席へ身を乗り出し、怒張の先端に唇を近づけ、チラッと彼を見上げる。

彼は懸命に我慢しようとしている表情だったけど、メガネの奥の瞳には、隠しきれない期待感がにじんでいた。口ではマズイと言うものの、愛でられるのは嫌じゃないらしかった。むしろ、そうされたいのかも。

「大丈夫ですよ。これじゃ、外からは見えないし。誰かに知られることもないですし」

辺りはすっかり暗くなっている。エアコンでよく冷えた車内に比べ、蒸し暑い外は気温が高く、その温度差でガラスには結露がつき、視界をうまく遮ってくれていた。

駐車場の街路灯が車内を明るく照らし、よく見える。手の中にある熱いものの先端に、透明な雫がみるみる盛り上がったと思ったら、たらり、と垂れ落ちた。

つと舌を伸ばし、その雫を掬い取る。

舌先が触れた瞬間、彼がハッと息を呑んだ。

……少し、にがしょっぱい。部長、脚が震えてる。なんか好きかも……。

大きく唇を開き、膨らんだ先端を口内へ咥え込む。

「んぐっ……！」

あえぎ声とともに、彼は全身を強張（こわば）らせた。

口腔内のそれは力強く脈打っている。ゆっくりと優しく舐ると、それはビクビクッと反応し、ひどく悦んでいるのがわかり、愛おしい気持ちが込み上げた。

こういうの、慣れてないのかな？　リアクション可愛すぎて私までドキドキする……。

このときはもう彼にすべてを捧げてしまいたい気持ちで、織江は無心に舌を這わせた。

ぬるりとした口腔を知覚した瞬間、成親は達しそうになった。

口から妙なあえぎが漏れる。とっさに息をとめ、全身の筋肉に力を入れ、込み上げて噴き出しそうな熱を懸命に抑え込んだ。

「んぐっ……！」

まずいっ！　こんなに早く達してしまったら、さすがに僕の沽券に関わるぞっ……！

体中の血液が逆流するほど踏ん張り、どうにかこうにか回避した。

肩で大きく息を吐き、両手で自らの顔を撫で下ろす。こんなに感じやすくなっているのは、ご無沙汰だからだ。もう何年も仕事漬けでまともな恋人はおらず、前回女性とそうなったのは、いつだったか思い出せない……。

自分は女性に飢えているんだと思い知らされたのは、この間の金曜の夜だ。

どんな理由であれ、こんなことを部下にさせてはダメだとわかってはいるんだが。

抗えない、どうしても。抗いたくないんだ。もう、あまりにも気持ちよすぎて……。

視線を下げると、成親の股間に顔を埋める、織江の扇情的な媚態が目に入った。

うわ……。なんと罪深く、素晴らしいんだろう……。

彼女はうっとりした表情で、愛おしそうに舐めしゃぶっている。ほっそりした手を根元に添え、それをゆっくりと上下に滑らせはじめた。

腰からへなへなと力が抜けていき、制止したり抵抗したりする気も失せていく……。

ああ……。持田さんの手……柔らかくて、大好きだ……。

オフィスは乾燥するからと、彼女がいつもハンドクリームを持ち歩いているのを知っていた。それを手に塗り込むたび、ラベンダーの香りが漂い、彼女のあとからそのいい香りがついてくる。密かに、女の子らしくて可愛らしいな、と甘酸っぱさを味わっていた。

いつも彼女は服装に気を遣い、きちんとオシャレをし、服たちも彼女に着られて喜んでいるようだ。彼女の格好を見て、今どきの女子の間ではこんなのが流行ってるんだと知った。

気味悪がられそうだから言えないが、男もこっそりいろいろ見ているのだ。

彼女が宝物のように大事にしている手に、陰部を愛撫されていると思うと、ひどく興奮する。ひんやりした触り心地で、すべすべした肌は想像以上に気持ちイイ……。

生温かく咥え込まれ、尾てい骨に震えが走った。

ひそめられた美しい眉と、伏せられた長いまつ毛。まとめ髪から落ちたおくれ毛が、内腿を掠めるのが好ましかった。みずみずしい女子という感じがして、とても好きだ。

丸を形作る艶（つや）やかな唇に、充血したものが吸い込まれる様を見るのは、堪らなかった。

意識が飛びそうだ。いまだに信じられない。こうして彼女に愛でられていることが。

自分のことを大嫌いだった女の子に、こんな淫らなことをされると、死ぬほど萌えるんだがっ！　と、世界に向かって大声で訴えて叫びたい！

自らの口を両手で塞ぐ。かつて自分に向けられていた憎々しげな眼差しを思い返すと、今の彼女のとろんとした目つきのギャップに、胸をめちゃくちゃに掻き乱された。

こうした経験がなくもないが、こんな気持ちにさせられたのは、生まれて初めてだ。

彼女は小さな鼻先を根元に近づけ、より深く呑み込む。

温かく濡れた口腔にぬるりと包まれ、腰がゾクッとした。

うわ……あぁ……。こ、これは……すごく、いい……。

大好物のチョコレートバーでもしゃぶるみたいに、ものすごく美味しそうだ。舌遣いがたとえようもなく優しく、彼女に愛されているんだろうかと勘違いしそうになる。

こんなに可愛らしい子に、こんなに気持ちイイことをされたら、僕は……。

意識は朦朧（もうろう）とし、耳の奥で鼓動が鳴り響いている。彼女がこうして口で愛でてくれるなら、僕はもうなんでもするし、なんだって捧げてやるぞ、という気持ちになっていた。

閉じられた口腔内で、ぬるぬるした舌が鈴口の割れ目をほじくる。

ゾクゾクッ、と電流が尻から背骨を駆け上がり、脳天まで突き抜けた。

「うぁっ……。い……くっ……」

ギリギリまで熱が込み上げ、一気に達しそうになる。歯が砕けそうなほど食いしばり、精神力を総動員し、かろうじてやり過ごした。

こめかみに汗を滴らせ、大きく息を吐いていると、白魚（しらうお）のような手で怒張を弄びながら、彼女はこくんと首を傾げた。

「部長、大丈夫ですか？　……やめますか？」

この悪魔め、と内心暴言を浴びせずにはいられない。小悪魔なんて生易しいもんじゃない、悪女だ。僕が途中でやめられないことを重々知りながら、わざと質問しているんだ。

ああ、けど、なにがどうなって、こうなったんだっけ？　と、頭を抱えそうになる。

絶対に一線を超えないよう注意してきた。なるべくプライベートに踏み込まないように、仕事だけに集中してきた。僕は部長で、君は部下だと、口酸っぱく繰り返してきた。

大丈夫だと思ったんだ。おっちょこちょいで天然野生児の彼女だから、まさかそんなことにはならないだろうと。なのに、あっという間にキスされて、舐めましょうか、なんて可愛く誘われて、もう二度と戻れないところまで来てしまった……。

膨らんだ怒張を指でつまみ、ふるふると振り、「どうします？」と彼女の瞳が問う。

やるせない敗北感に打ちのめされ、それに被虐（ひぎゃく）的な快感も覚えつつ、懇願していた。

「やめないでくれ……。どうか、続けてくれ、頼む……」

了承する代わりに、彼女は小さな唇をすぼめ、チュッと音を立てて先端にキスする。

柔らかい唇を感知した瞬間、ドクンッ、と心臓が跳ね上がった。

あっ……。むちゃくちゃ可愛い……。だが、は、恥ずかしい……。

ふたたび口内に咥えられ、馴染みのある温かさに包まれ、安堵感さえ覚える。

こんなことは絶対誰にも言えないが、実はあの夜以来、彼女に対してあらぬ劣情を抱き、密かに彼女の肢体を妄想し、真夜中に独り寝室で自分を慰めていた。

彼女にしがみつかれて泣かれたとき、薄着の布越しに感じた、乳房のまろやかな丸みと、頂の蕾の小さな突起。この手でたしかめた尻の形と、ついに触れることの叶わなかった、秘密の淫花……。

もちろん、彼女とどうこうなる気は一切なかったが、密かに妄想する分には自由だ。現実で叶わないからこそ、フィクションだけで満足しようと思っていた。

なのに、こんなことになってしまった。

優しく吸い上げられるたび、彼女を好きな気持ちが高まる。

つと指を伸ばし、その柔らかい髪に触れてみた。彼女の髪はミルクチョコレートみたいな色をしていて、ツヤツヤに輝いている。指の間をするりと滑る、この頼りない髪からフローラルのいい香りがすることも、実はよく知っていた。

綺麗な髪だな……。持田さん、好きだ……。好きすぎて、まずい……。

こうして部下の髪を梳きながら、奉仕してもらっているこの状況が、とんでもなく背徳的なのに、そのやましさがすべて快感に上乗せされ、己の罪深い一面を新たに思い知ることになった。

口腔に包まれながら、先端の敏感なところをくすぐられ、ガクッと腰が抜けそうになる。

とっさに足を突っ張り、左の拳をドアに殴打してしまい、ドンッと大きな音が響いた。

うまく呼吸もできないほどドキドキしすぎて、心臓が爆発しそうだ。

あ……あぁ……とろける……。僕のものが、とろけそうだ……。

もう、ここまで来てしまったのなら、いっそのこと……。

彼女の濡れそぼった膣内(なか)に思うさま入り込み、奥深くまで貫きたい。

快感で潤んだ琥珀色の瞳をのぞき込みながら、優しく腰を振り続けたい。

この身を焼き尽くすような情欲と、彼女を好きで好きで堪らない気持ちがない交ぜになり、体中を掻きむしりたい衝動に駆られた。

柔らかい手の運動と、いやらしく這う舌の妙技に導かれ、否が応でも射精欲は高まる。

理性は消し飛び、羞恥さえも忘れ、手の動きに合わせ、自然と腰を前後させてしまう。

「はぁっ、もっ、もうっ……持たない……」

彼女は察したのか、射精(だ)しやすいよう口をすぼめ、喉奥まで深く咥え込んでくれる。

魔法のような手がするりと滑り、ぬるぬるした舌がカリ首を撫でた、瞬間。

力を入れていた腰が、ぶるりっと戦慄(わなな)き、先端から勢いよく熱が噴き出した。

……うっ、……あ、あぁっ……。

途方もない快感の稲妻に、腰から脳天まで鋭く貫かれ、まぶたの裏が真っ白に染まる。

次々と放たれゆく精は、彼女の喉奥にぶつかり、口腔内にたっぷり溜まっていった。

酸素を求めて顎を上げ、腰をゾクゾクさせながら、断続的に吐き出していく。

ああ……あああ……。いい……。

口を大きく開け、どうにか肺に空気を入れながら、最後の一滴まで吐き尽くす……。

自分の荒い呼吸音を聞き、我ながら射精が長すぎると思い、無性に恥ずかしかった。

彼女は頬をみるみる膨らませ、苦しそうに「んん……」とうめく。

「ご、ごめん……」

なにに対しての謝罪なのかわからないが、そう言わずにはいられなかった。

慌てて周りを見回し、傍にあったティッシュやペットボトルの水を差し出す。

「ん……んんっ……」

彼女はいっぱいになった口を自ら押さえ、大丈夫、とばかりにかぶりを振る。

そうして、なよやかな眉をひそめ、ゴクリ、ゴクン、と数回呑み下した。

それを目にした瞬間、ゾクッ、と悪寒みたいな快感に襲われ、息を呑む。

放たれた白い劣情が、彼女の柔らかい食道を通り抜け、生温かい胃の腑に収まり、内臓に沁み込んでいき、彼女の肉体の一部となる……悩ましいイメージ。

それは、とてつもなく甘美で、雄としての深い満足感をもたらしてくれた。もしかしたら、子孫を残すために種付けするという、動物の本能に根差すものかもしれない。

桃色の唇の端から垂れる、白濁した雫を見つめ、抑えようもなくドキドキしていた。

恍惚とした様子の彼女は、ふと股間に視線を落とし、驚いたように目を見開く。

「……部長。すごい元気ですね……」

自分でも気づかないうちに、興奮の証はふたたび力を得、そそり立っていた。

◇◇◇

あのあと、もう一回してあげて、結局本番には至らず、帰宅しました……と。

月曜日の朝、織江は駅に向かって速足で歩きながら、週末の静岡出張を振り返る。

キスでやめておけばよかったのかな、と若干の後悔が募った。けど、あのときは感情が盛り上がり、それだけじゃ収まらなかったし、成親も嫌がっていなかったと思う。

サービスエリアから帰るときの車内は、恥じ入るような、気まずい空気が漂っていた。

お互い「好きだ」と告白はしたけど、それは行為の最中の話であり、現実に戻って冷静になってから、これから付き合うのかどうか、恋人になるのかどうか、そういう具体的な話は一切できなかった。

ああいう行為のあとだと、なにをしゃべっても白々しい気がして……。

自宅に帰る前に、どちらかの家に寄るとか、一緒に夜を過ごすとか、そうなってもおかしくなかったけど、彼は紳士的に自宅まで送ってくれ、そのままさよならした。

【いろいろと、ごめん】

土曜に受信したメッセージはこれだけ。ごめんって、なにが？　あの車内でのことが？

素っ気なくてがっかりしたけど、どうしていいかわからない気持ちは、理解できた。

どう返そうか延々悩んだ。【こちらこそ、ごめんなさい】【部長のこと、好きです】【私たち、付き合いませんか？】【私のこと、どう思ってます？】……とか？

結局、どれも適切じゃない気がして、返信すること自体をやめてしまった。

成親の様子は、困惑していたとか、うろたえていた、という表現が適切だろうか。

長らく恋人がいなかったらしい。上司部下という上下関係を重んじる人だから、さもありなんという感じだ。けど、彼から密かに寄せられる好意は、ところどころ拾えていた。

愛おしそうに髪を梳く指先と、こちらを見つめる熱っぽい眼差し。

なにか言おうとしても、うまく言葉にできない、寡黙な唇……。

そんなところに、ますます惹かれた。流暢に口説いたり、女の子を手のひらで転がしたり、そういう性格とは正反対にある、無骨で不器用なところが。

これから、どうなるのかなぁ？　それともまさか、あれっきりで終わりとか？

地下鉄に乗り込み、吊り革に摑まり、真っ暗な車窓に映る自分自身と見つめ合う。

できれば、深い仲になりたい。彼に惹かれているし、もっと彼のことを知りたい。

けど、社内恋愛はそれなりに重い。相性いまいちですね、はいさようなら、では済まない。もし別れたら、働きづらくなったり、居づらくなったりするだろうし。

直属の上司と部下というのもある。

あちらは大企業勤務、こちらは非正規社員という身分差もある。

もし、この恋がこれ以上進めば、今までとは違う真剣なものになるだろうことは、この時点で予想がついていた。彼は刹那的な関係を楽しめるタイプではなく、真面目で誠実な人柄だし、なにより、自分の彼に対する気持ちが強すぎる。

どうしよう……。なるべく真剣になりたくないのに……。

車窓のガラスに映る織江の表情は、どこか弱々しい。真剣に付き合うとはつまり、お互いを深く知ることだとしたら、自分の過去もさらけ出さないといけないんだろうか？

それはきっとあまり愉快ではない。自分は堂々と大手を振って歩ける人間ではないから。

昔の自分を知られたくないし、実家を見せたくないという思いは強かった。

それとも、考えすぎだろうか？　まだ、彼とうまくいくかもわからないのに……。

あーあ、と肩を落としてしまう。もっと無邪気になれたらな。後先考えず、彼のことを無心に信じ、恋愛だけに猪突猛進できたらいいのに。

関係を深める前にどうしても尻込みしてしまう。自分が傷つくかどうか、メリットデメリットなんかを考えてしまって。

純粋な感情だけでは突っ走れなくなった、ということだ。情けないけれど。

『恋愛脳』という言葉は侮蔑的に使われがちだけど、羨ましいなと本気で思う。誰かを愛することで生じるあらゆる不安要素を……それは恐怖と言い換えていいかもしれない……かなぐり捨て、誰に嫌われようが、どれだけ叩かれようが、なにを失おうが、己の恋情だけに正直に生きるのだ。すごい勇気だとしか言いようがない。臆病な自分には到底できない。

　大人になるのってつまらないな、とつくづく思う。知識ばかり増え、テクニックだけが身に付き、レッテル貼りと批評批判はうまくなるけど、自分が心から欲するものがなんなのか、どんどんわからなくなっていく。迷惑を掛けないよう、常識を守らねば、と心を砕いているうちに、いつの間にか空っぽになっている自分自身に気づくのだ。

　子供の頃は、なにが一番大切かなんて、考えるまでもなかったのに。

　私が本当に欲しいものはなに？　充実した仕事？　安定した生活？　それとも、愛？

　彼のことは好きだし、恋している。愛し愛される関係になれたら、と願う。

　同時に、深入りして傷つくのが怖い。あまり波風立てず、平穏なまま生きていきたい。

　あれもこれもと欲張りだ。どれか一つなんて選べない。社会から疎外される恐怖と、それを回避しようとする打算が、心の目を曇らせ、自分自身を見失わせるみたいだ。

　気に入った誰かと体の関係は持てるのに、真剣に心と心を通わせるのって、どうやるんだっけ……？　と、立ちどまって考え込んでしまう。

つらつらと考えながらも、体は機械的に動き、いつもと同じように電車を降り、いつもと同じように階段を上がり、いつもと同じように自動改札を通って地上に出る。

灼熱の太陽に、クラリと目眩を覚え、ふらつく足でオフィスを目指した。

仕方ないのかな、とも思う。誰もが格好をつけ、誰もが嘘を吐くこの世の中で、周囲の影響をまったく受けず、自分だけ純粋な感情に従って生きるなんて、そもそも不可能なのかもしれない。

このとき、なぜか石山を思い出す。彼は自分のやりたいことを、こう言っていた。

――そりゃあ、研究開発に決まってるじゃないですか。

――だったら、最初から就活せず海外に飛んで、億Ｔｕｂｅｒになってればよかった。

これらは、本当に心から彼が望んだことなんだろうか？

それとも、皆がそう言うから、自分もそうなんだと思い込んでいるだけ？

自分も同じだ。周りの皆の欲望と自分の欲望が、ごっちゃになって見分けがつかない。

汗だくで本社ビルにたどり着き、エントランスホールの涼しい空気に包まれる。

エレベーターを待つ列に並ぶと、幸か不幸か、ばったり彼に出くわしてしまった。

ピシッと伸びた背筋。皺一つないワイシャツ。額を出した髪型がアダルトな魅力を醸し、ロータリーのタンブラーを手に、まくった袖からのぞく筋肉質な腕がセクシーだ。

やば。やっぱり、カッコいい……。

いちいちときめく自分に呆れつつ、織江は隣に立ち、ポーカーフェイスで挨拶する。

「おはようございます。山之前部長」

成親はこちらを見ると、飛び上がるほど驚き、その拍子にタンブラーを落としそうにな
り、「うわっ！」と慌てて反対側の手でそれを支え、代わりにパンが入っているらしき紙
袋が床に落ちた。

見事にその場の衆目を集めた成親は、気まずそうに紙袋を拾い上げる。

「部長、大丈夫ですか？」

見事に紅潮した頰を見上げながら、織江は聞いてしまう。

「……ああ、大丈夫」

成親は取り繕うように、ゴホゴホッと咳払いした。

織江が「それ、朝ご飯ですか？」と紙袋を指すと、成親はうなずいて言った。

「今朝、十三階で朝活やってたんだ。朝食をすっかり忘れてて、今買ってきた」

十三階にはフリーのカフェスペースがある。そこは全グループに開放されていて、ナラ
シスの人間も自由に使えた。楢浜重工の若手社員たちが、そこでよく勉強会をしている。

二人して満員のエレベーターに乗り込み、隣に立つとお互いの腕と腕が触れた。

成親は目を合わせようとせず、階数を示すインジケーターを強く睨みつけている。顔は
ますます赤くなり、不自然な咳払いを繰り返し、こちらをしっかり意識しているのはバレ

バレだった。

彼の胸の内側で乱れ打つ鼓動が、今にも聞こえてきそうで、ドキドキさせられる。

こっそり指先で彼の手に触れると、彼はビクッと痙攣し、その過剰反応に驚かされた。

そんなにゴリゴリに意識されると、こっちまで恥ずかしくなってくる……。

ああいうことがあっても、女性は存外に冷静だ。すぐ仕事モードに切り替えられるし、職場でばったり出くわしても、感情を押し隠せる。男性のほうが脆(もろ)いのかもしれない。

九階に着いて扉が開くと、成親は織江の前から脱兎の如く逃げ去ってしまった。

呆気に取られて彼の背中を見送り、部長ってやっぱり可愛いよね、とおかしくなる。

それからも、その週の成親は、見ているこちらがハラハラするほど挙動不審だった。

日中、ふとした折に視線を感じ、そちらへ振り向くと、わたわたと慌てた成親がそっぽを向く……というのを、何度も目にする。

ミーティングルームで、カフェで、オフィスコンビニで……なにかと目が合うたび、成親が恥ずかしそうに頬を赤らめるのが見え、こちらまで照れくさい心地になった。

火曜日。織江は管理部に頼まれ、パソコンの管理番号を確認するため、成親の席に行った。集中してキーボードを叩いている彼に向かって、「山之前部長、パソコン見せてください」と声を掛けると。

「うわっ……！」

成親は奇声を発してのけぞり、オフィスチェアがけたたましい音を立て軋んだ。

フロア中の従業員が振り返る中、成親の端整な美貌がみるみる朱に染まっていく。

あの、そんなにあからさまなリアクションされたら、社内にバレそうなんですけど。

などと懸念しつつ、織江はしれっと同じセリフを繰り返した。

「ちょっとパソコン見せてください。管理部に頼まれたんで」

「……へ？」

成親は鳩が豆鉄砲を食ったような顔をしている。

織江はすぐさま彼の胸倉を掴み上げ、「ここはオフィスで、今は仕事中なんだよ！　しっかりしろ！　山之前成親！」と揺さぶりたい衝動を抑え、ゆっくりと繰り返した。

「パソコンの管理番号を確認しますので。ちょっと失礼します」

「管理番号？　ああ、そういや管理部が言ってたな。僕が確認するんじゃダメなのか？」

「シールが変なところに貼ってある上に、コードがたくさんあるんで、どれが管理番号かわかりづらいんです。いちいち案内するのが面倒なんで、私が一括で確認してます」

「なるほど……」

おずおずと退いて場所を譲る成親がいじらしく、言葉で表せないほど可愛らしい。

くうぅ～っ！　と、内心身悶えしつつ、表面上は平静を装ってパソコンを確認した。

水曜日。王皓が急にこんなことを言い出す。

「持田さん、山之前部長となんかあった？」

ド直球な質問に度肝を抜かれるも、努めて冷静に「別にないよ。なんで？」と返した。

「わしの気のせいかな。今週の山之前さん、なんか変じゃない？　情緒不安定というか」

「そう？　いつも微妙に様子のおかしな人だし、特に気にならなかったけどな……」

「ふーん、そっか。なら、気のせいだな」

王ちゃんがさっぱりした性格でよかった、と密かに胸を撫で下ろす。

木曜日。成親と石山は梅上電機へ出張、王皓は有休で、開発室は人が少なかった。

織江は定時に来て、真面目にせっせとコーディングし続け、あっという間に夜になる。

……山之前部長、戻ってくるかな……？

気を揉みながら、必要ないのについ二十時半まで残業してしまった。

フロアを見渡しても、もう誰もいない。

そろそろ帰ろうか、とあきらめかけたそのとき、ワークエリアに入ってくる長身の男が、窓ガラスに映った。

ドキッとして振り返ると、相変わらずの大股で、成親が脇目も振らずやってくる。

織江が立ち上がるのと、成親が開発室へ飛び込んで来るのは、ほぼ同時だった。

よっぽど急いで来たのか、成親は額に汗を掻き、肩でハァハァ息をしている。とりあえず織江のところへ来たはいいが、どうしたらいいかわからない、という様子だった。

まっすぐここへ来てくれたのがうれしくて、織江は少し微笑んだ。

「びっくりした。部長、帰ってきたんですね」

すると、成親はかぶりを振り、切迫した様子で言った。

「君にひと目会いたくて。君の顔が見たくて、戻ってきたんだ」

思いがけない告白に、鼓動が思いきり、跳ねる。

彼と熱く見つめ合いながら、頬から首から体中が、カーッと燃えるようになった。

うわ……。どうしよう、めちゃくちゃうれしい……！

彼に飛びつきたい衝動に駆られる。どこか二人きりになれる場所へ行きたかった。

「今夜はこのあと約束がある。梅上電機の役員が来てるから、接待しなきゃいけなくて」

残念そうに言う成親に、織江も失望を隠せず、「そうなんですか」としょんぼり言う。

「もしよかったら、明日一緒に食事しないか？　君の予定が空いていれば、だが……」

遠慮がちに申し出る成親に対し、織江は勢い込んで言った。

「もちろん、空いてます。というか、空けます。絶対」

成親ははにかんだように微笑む。

その笑顔が堪らなく素敵で、織江は窓を開け、世界に向かって歓声を上げたくなった。

次の日、織江はなんと、成親の自宅でディナーをご馳走されることになった。

住まいは月島にあるそうで、楢浜重工のビルから歩いて二十分ぐらいの立地だ。

その高級タワーマンションは新築で、洒落た目立つデザインゆえ、織江も知っていた。

「職住近接はよくないと聞くが便利だよ。下町風情と超都心と、どちらも兼ね備えてて」

そう言う成親は、新宿にも分譲マンションを所有し、そこも自宅と呼べるそうだ。

いつか石山が言っていた、「成親の家は大地主」という話は、どうやら本当らしい。

「この一週間、どの店にしようか考えて考えあぐねてさ、頭がパンクして結局、僕が一番好きなものを、君にもご馳走しようと思い立ったんだ」

成親にそう言われ、織江はつい意地悪にこう聞いてしまう。

「それって本当？　自宅なら次の展開に誘いやすいから……という下心、ありません？」

成親はぐっと言葉に詰まり、しばらくしてから、少し気まずそうに付け足した。

「ない。……と言いたいところだが、胸に手を当てて考えたら、なきにしもあらずだ」

その回答に織江は満足した。

成親が退社するのを待ち、時間を置いてオフィスを出て、月島のマンションまで歩く。

気持ちは静かに高揚していた。ようやく彼と二人きりになれるのは、素直にうれしい。

下町のその一角だけ切り取られたかの如く、非常にゴージャスなマンションだった。

織江はすっかり驚いてしまい、思わず足をとめて目を見張る。

アプローチはエスニックな竹林が生い茂り、まっすぐ伸びるモザイクの石畳は幻想的にライトアップされ、眺めているだけでときめくようなデザインだ。

エントランスで成親に出迎えられ、いよいよ中に入ると、まるでラグジュアリーホテルのようなガラス張りのロビーラウンジが広がり、織江はため息を漏らした。

「なかなかいいだろ？　上層階には、バー併設のパノラマラウンジとルーフトップガーデンもあるし、フィットネススタジオとサウナや岩盤浴もある」

成親はロビーを案内しながら、親指を立てて上を指した。

「ええっ！　岩盤浴ですか？　いいなぁ！　私、よく行くんですよ」

織江が目を輝かせると、成親はにっこりとうなずく。

「君がそう言うんじゃないかと思って、明日予約をしておいた」

明日ってことは、今夜は泊まりってことだよね？　つまり、そういうこと……？

密かにドキドキしていると、成親にさりげなく手を握られ、心臓が飛び出そうになる。

ラブラブな恋人のように、二人で手を繋ぎながら歩くのは、ウキウキして楽しかった。

二人きりのエレベーター内、成親は織江の腰を抱き寄せ、はにかんだようにささやく。

「さっき下心はなきにしもあらず、なんて言ったが……。本当は今週ずっと、君と二人きりになりたかった。早く君とイチャイチャしたくて、頭の中はそれでいっぱいだった」

また、可愛いこと言ってる……と、胸の奥がキュンと疼く。

「部長。そういうの、あからさまに態度に出すと、社内の皆にバレますよ？」

敢えて冷静に釘を刺すと、成親はわからないといった様子で首を傾げた。

「あからさま？　僕、そんなにあからさまだった？　一応気をつけてはいたんだが」

「超あからさまですよ！　王ちゃんに、部長となにかあった？　って聞かれましたし」

「うわ、それはマズイな。次からは気をつけるよ……」

すまなそうに成親は言い、「あと、部長呼びはよしてくれよ」と控えめに付け足した。

なら、なんて呼べば？　成親……さん、とか？　ちょっと照れくさいかも……。

考えている間に二十一階に着き、成親に手を引かれ、瀟洒な玄関から室内に入る。

「うわぁ……。これは……とっても素晴らしいですね……！」

織江は感嘆の声を上げずにはいられなかった。

ホールを抜けた先にある、広大なリビングダイニングエリア。その向こう側には、まるで星屑の海のような、都心の絶景が浮かび上がっている。ソファやテーブルなど、モダンなインテリアは同じブランドで統一しているらしく、高級感に溢れていた。ダイニングテーブルに生けられた、純白の胡蝶蘭がスタイリッシュで、磨き抜かれたワイングラスとカトラリーもセットされている。

「実は、料理はもうできてるんだ。僕が今、最高にイチ推しのシェフに作ってもらった。いろいろ食べたんだが、この方……高梨（たかなし）シェフが一番だと思ってさ」

「えっ、出張シェフ？　すごいですね！　そういうの、食べたことないから楽しみです」

「作り置きだから多少味は落ちるけど、遜色ないレベルだよ。あとは、僕が高梨シェフの指示通り、レンジで温められるかにすべてが掛かってるんだが……」

立派な冷蔵庫を開け、深刻に眉をひそめる成親に、織江は腕まくりして声を掛けた。

「私も手伝います！　じゃなくて、ぜひ、手伝わせてください！」

それから、二人して額を突き合わせ、スマホに表示された高梨の指示を読みつつ、ディナーの準備を始める。広くてピカピカの最新型キッチンで、カウンターに二人で肩を並べ、あれやこれやするのはすごく楽しかった。なんだか新婚夫婦みたいで……。

「よし。じゃあ、とっておきのコレを呑みながらやろうぜ」

成親は悪戯っぽく笑い、白ワインのボトルを取り出すと、栓を抜いてグラスに注ぐ。

「こういうの、最高だよな……。今、ここを借りてよかったと、初めて思うよ」

成親はダイニングテーブルに寄り掛かり、窓の外を眺め、グラスを傾けた。

「こうして君と夜景を楽しんでさ、つまみ食いして、贅沢なワインを立ち呑みするんだ」

「お行儀が悪いから、お店ではできませんね。……こら！　つまみ食いしすぎですよ」

織江がいさめると、成親は少年みたいに笑う。いつもの不機嫌なイライラは鳴りを潜め、職場では見たことがないほどリラックスした様子で、織江はそれがうれしかった。

「さあ、前菜ができましたよ。席について食べましょう」

料理を温めたり、盛りつけたり、ソースを掛けたりする合間に、ワインを呑んだり、おでこや頬に軽くキスされたり、食べるときは席に着き、会食は賑やかに進行していく。

デザートはリビングで食べようと、仲良く並んでソファに座る。部屋の角に当たるそこは、天井まである窓ガラスに面し、低めにデザインされたソファのおかげで、眼下の都心が一望できた。

「やっぱり、家にしてよかったな。君と気兼ねなくイチャイチャできるし」

こめかみにそっとキスされ、ブラウスの下の肌が少し熱を持つ。

「いつもなら、高梨シェフにサーブしてもらうんだ。けど、今夜は頼み込んで帰ってもらったんだ。どうしても君と二人きりになりたかったから……」

恥ずかしそうな成親の告白に、思わずフフッと笑いが出てしまう。

「お店だとイチャつけない。シェフがいてもイチャつけない。苦肉の策なんですね？」

「そういうこと。君の知らない水面下で、男はいろいろと大変なんだ」

スマートな成親が、裏であくせく画策していたのを想像し、無性におかしかった。

クスクス笑っていると、不意に彼が真剣な眼差しをし、密かにドキリとする。

すると、成親の腕が背中に回ってきて、優しく抱きしめられた。抱きしめかたがまるで、脆い壊れものを包み込むようで、傷つけたくない、大事にしたい、という切なる想いが伝わってくる。

この瞬間、はっと胸を衝かれた。

もしかしてこの人、本当に私のことを好きなんじゃないか、と気づいたのだ。

以前から好かれていたのは知っている。けど、それほど本気ではなく、一時的な熱情だと思っていた。けど、このとき初めて、彼はずっと本気だったのかも、と感じたのだ。

「……前さ、君のこと、妄想癖があるなんてひどいこと言って、ごめん」

思いもよらぬ話をされ、彼の腕の中で驚く。妄想癖？　ゴル君とおしゃべりしてた件？

「本当は可愛いなって思ってた。そういう植物に話し掛けたり、誰かの飼い犬を大切に思ったりするところが。木や犬だけじゃなく、僕も優しくされたいって、ずっと思ってた」

「私のほうこそ、ごめんなさい。これまで、成親さんに冷たくしすぎちゃったみたい」

彼はメガネを外し、目を少し細める。メガネがないほうが、より色っぽく見えた。

「その……。キス、してもいいかな？」

「キス？　さっきから、何回もしてるじゃないですか」

彼の瞳は黒水晶のように輝いていた。近眼の人は目が綺麗って、誰が言ったんだっけ？

「そうじゃなくて、本気のやつ」

……本気のやつ？

諾とも否とも言えぬ間に、腰を抱き寄せられ、彼の親指におとがいを押し上げられる。

凜々しい唇が近づいてくる間、トクン、トクン、という自分の心音だけを聞いていた。

唇と唇が柔らかく触れ合い、呼吸がとまる。

愛おしむようについばまれ、心の奥まで、じぃんと温かくなった。

ドラマティックな都会の夜景に囲まれ、大好きな人とこれ以上にない、最高のキス。

もしかして、信じてもいいのかな？　こんな私にも、夢みたいな奇跡が訪れるって。

すぐそこにある幸せを、どうしても摑みたくて、織江は成親の背中を強く抱きしめた。


清潔なコットンのシーツが、汗ばんだ織江の背中をサラリと撫でる。

寝具に沁みついた成親の男らしい匂いに、自然と体の奥が疼くのを、織江は自覚した。

淡い暖色系のライティングがされたベッドルームは、とても静かで、心が落ち着く。

こうして、一糸纏わぬ姿で仰向けになり、成親に組み敷かれている刹那は素敵だった。

鍛え抜かれた腕がさながら柱のように左右を塞ぎ、雲のような体軀に上空を覆われ、彼だけの世界に閉じ込められているみたいで。

メガネを外した彼は少しあどけなく見え、こちらをのぞき込む黒い瞳は、あきらかに恋をしている男性のそれで、息が苦しくなるほどときめいた。

「綺麗だな……。いつものオシャレな服も好きだが、脱いだらもっと綺麗だ……」

その薄く整った唇は、たび重なる口づけのせいで朱色に染まり、鈍く光っている。

「今週はずっと辛かった。一刻も早くこうしたくて、待ちきれなかった」

彼が愛おしそうに、生え際から毛先までゆっくりと梳いてくれる。

長い指の間を、髪がするりと滑るたび、首筋が心地よく痺れた。

「君の髪の匂い……ずっと好きだった。社内で君とすれ違うと、いい香りがするんだ。今週なんか、この香りを嗅ぐたびにサービスエリアの夜を思い出して……切なくなってた」

彼は髪をひと房握りしめ、恭しく口づける。そうして、鼻先を髪の間に割り入れ、すぅっと深く吸い込んだ。

「……あぁ、いいな。すごく、興奮する……」

少し上ずった声は、ひどくエロティックに響いた。

言葉の通り、興奮の極みにある熱い塊が時折、下腹部や内腿を掠める。先端から染み出た液が生温かく肌を濡らし、少し自惚れにも似たいい気分にさせられた。なぜならそれは男性が我慢している証らしいから、自分の女性としての魅力が認められたようで……。

彼は額に、チュッと口づけを落とす。次にこめかみ、そして、頬。同じことをサービスエリアの夜にされたっけ、と思い出していると、彼の顔が横にずれ、耳たぶを食まれた。

「……あっ……」

「綺麗な耳だね。好きだ……」

すぐ傍で響くセクシーな低音に、うなじがぞわり、と粟立つ。

耳の縁に沿って舐められ、舌は耳の中にまで潜り込み、音が近づいたり遠のいたりした。

あぅっ……くすぐったい……。

骨ばった五本の指が乳房にむにゅっと沈み、弾力をたしかめるように揉んでいく……。

彼の親指に胸の蕾を愛撫されると、うっとりするような快感が生じ、息を呑む。

……あ……イイ……。ほんのちょっと触られただけなのに、こんなに……。

胸の蕾はたちどころに硬くなり、太腿の間がしっとりと潤いはじめた。

触れ合っている部分から、小さな火花が散っているみたいだ。彼の愛撫をもっと深く感じたくて、感覚はより研ぎ澄まされ、全身の細胞が貪欲になっている。

首筋を斜め下に這っていく、舌のざらざらした感触が堪らず、吐息が漏れた。

やがて、彼の舌は白い双丘に到達する。スローモーションのように彼の唇が開かれ、頂に勃つ桃色の蕾を、ふわりと咥え込むのが見えた。

ぬるり、とした舌が蕾に巻きつき、微弱な電流が背筋を走る。

「んぁっ……」

とっさに彼の後ろ頭を押さえてしまい、ぐしゃっとした黒髪が手のひらを刺した。

彼は極上の一粒を味わうように、恍惚とした表情で、舌の上で蕾をころころと転がす。

尖った蕾を舌で攻め立てられ、ひりつく刺激が頂から下腹部へと流れた。

私……どうしよう……。む、胸だけで、こんなになっちゃってる……。

声が聞こえたかのように彼は腕を下へ伸ばし、指先で叢を掻き分け、秘裂をまさぐる。くちゃっ、と水音が高く響き、言い訳のしようもなく、恥ずかしくなった。

「……ああ、よかった。こんなに濡れてる……。ほら……」

つぶやきに喜悦が混じるのがいやらしい。唾液で濡れた蕾に、湿った彼の息が掛かる。ひんやりした指先が、そっと花びらをめくり、中心にある花芽を探り当てた。

ひどく敏感になった花芽を、さわりと撫でられ、耐えがたい刺激に腰がふるりと慄く。

「あっ……！　ちょ、ちょっ……！」

身をよじって逃れようとしても、がっちり押さえ込まれ、指先は花芽を捉えて離さなかった。緻密な動きで花芽をこね回され、波打つように快感が股関節をせり上がっていく。

花芽をいやらしくいじられながら、硬くしこった蕾を強く吸い上げられ、絶え間なく与えられる刺激に、全身が甘く痺れた。

あ……あああ……。気持ち、イイよ……。

とろりとした、ぬるい液が内腿を伝い、後ろのお尻まで垂れ、シーツに沁みていく。

唾液まみれの蕾が外気に晒され、寒いと思う間もなく、硬い胸筋に押しつぶされた。

「持田さんの……なにもかも小さくて、柔らかくて……大好きだ」

せがむように唇を唇で塞がれ、想いのこもった深いキスをされながら、花芽を優しく摘ままれ、きゅっと押しつぶされる。

股関節の辺りで、ギリギリまで張り詰めたものが弾け、密やかに絶頂を迎えた。

「……んんふっ……ん……」

脳裏は真っ白になり、余韻が下腹部から全身へ、さざ波のように広がっていく……。

甘やかな口づけと、シャンパンの泡みたいな快感に、脳髄まで酔いしれた。

あぁ……。指だけで、こんなによかったの……初めての経験かも……。

朦朧とした意識がはっきりしてくると、彼が下肢のほうへ移動していることに気づく。

彼の手に、腿の付け根をさわりと撫でられたとき、今からなにをされるのかを悟った。

「すごい、溢れてくる……。こんなに大きく開いて……。いやらしくて、可愛い……」

両腿を優しく押し開かれ、秘裂は大きく広げられ、彼の高い鼻先がそこに迫る。

熱い舌が、秘裂の割れ目をなぞり、腰がゾクリとした。

「んぁっ……！　あっ、ダメッ……」

身悶える織江をよそに、彼はとても愛おしそうに、恥ずかしい秘部を舐め回す……。

鋭敏に尖った花芽を、舌先でそろりと舐め上げられ、堪らず腰が、跳ねた。

「あぁんっ……」

「……可愛いよ。……好きだ。大好きだ……」

だんだんと荒くなる彼の呼吸に、より一層興奮を煽られる。

舌の蠢(うごめ)きを無心に感じていると、蜜口からそれは、にゅるり、と押し入ってきた。

「……あっ……やあぁぁ……っ」

膣内（なか）で濡れた舌と媚肉が、ぬるぬると淫らに擦れ合う。

彼の舌は予想よりも長く、奥のほうまで届き、絶え間なく滴る蜜を掻き出した。

まるで甘いシロップを舐めるが如く、ひどく美味しそうな彼の舌遣いが、どうしようもなく気持ちよくて、開いた両膝がわなわなと打ち震える。

すっ……すごくやらしいのに、き、気持ちよすぎて……また、イッちゃうっ……。

たとえようもないほど優しく秘裂を舐められながら、静かに二度目の絶頂が訪れた。

四肢から力が抜け、体中のあらゆる粘膜がとろけ、彼を受け入れるべく肉体が開く。

避妊具が装着され、熱くたぎる怒張の先端が、ひたりと蜜口に当てられるのを、おぼろげに感じていた。

「……く。はや、く……。もう……」

懇願すると、彼は挿入しやすいよう上体を起こし、顎を下げこちらをのぞき込んだ。

好きで好きでどうしようもない相手を見るような、一途な眼差し。

心を奪われ、見惚れていると、怒張の矢じりが、蜜口からつるん、と滑り込んできた。

彼は熱く見つめながら、ゆっくり腰を進めてくる。燃えるような熱槍が、狭い膣道を割り拡げ、挿入ってきた。肉体の深部までこじ開けられる快感に、陶然としてしまい、投げ出された右足の甲が、ぐにっと曲がる。

「あっ……。あああ……い、や……嫌……」

拒否する声に抑えようのない快感がにじむ。

めちゃくちゃ感じているのを、じっと観察されているのが、恥ずかしくて……。

やがて、巨大な熱槍を根元まで呑み込むと、蜜壺ははちきれそうになる。

自ずと「んぅっ……」とうめき声が漏れ、横隔膜まで突き上げられる心地がした。

んんっ……すごい……。こ、こんなに……すごい、奥まで……。

それは誰も到達したことのない深部まで届き、ジンジンするような快感をもたらす。

愛おしい気持ちが込み上げ、熟した媚肉が嬉々としてそれに絡みつくのがわかった。

「ああ……いいな。君の膣内、とても温かくて……好きだ……」

快感のせいなのか、ひそめられた秀麗な眉が、悩ましくも色っぽい。

彼はより深く挿入できるよう、織江の両腿をぐっと押し広げ、腰を動かしはじめた。

こちらを見下ろす、漆黒の瞳が慈愛に満ちていて、見るだけでドキドキしてしまう。

あっ、あんっ、あっ……す、すごっ……。ふっ、深くてっ、あぁっ……。

彼は片手で織江の腰骨を摑み、反対の手で太腿を押さえながら、腰を前後に動かす。

大きな手は男らしく、そのふんわりした摑みかたに、こちらを傷つけまいとする、思いやりの深さを感じた。

繰り返し優しく突かれ、ゆりかごみたく揺らされながら、胸がキュンと切なく疼く。

あっ、なっ、成親さん……。や、優しくて、好き……大好きっ……。

感情が高まると、自然に媚肉から蜜が染み出し、それが結合部の潤滑油となった。

最奥を穿たれるたびに、クライマックスに向け、徐々に快感が張り詰めていく……。

彼は、織江の腰を挟む形で両手をマットにつき、前傾姿勢で本腰を入れはじめた。

ハッ、ハァッ、ハッ、と野犬みたいな息遣いに合わせ、リズミカルにベッドが軋む。

ふと横を見ると、部屋の角にある姿見に、もつれ合う二人の裸体が映り込んでいた。

彼の肩を覆う僧帽筋は見事に発達し、高く浮き出た肩甲骨がまるで天使の翼をもいだようで、目が離せないほど美しい。

「……うっ、くっ、くっ……。もうっ……」

限界が近いのか、彼の食いしばった歯の間から、小刻みに息が漏れた。

顎を下げて見ると、汗まみれの腹筋は縦横にくっきり割れ、腰骨から人魚線と呼ばれる筋が斜めに隆起している。解放へ向け、屈強な腰はいやらしく加速し、蜜の飛沫が掻き出された。

滑り抜ける熱槍が力強く擦れ、とろけるような刺激が生じ、腰から背筋が打ち震える。

……あっ……もう、ダメ……。い、いくっ……！

このとき、熱槍が摩擦を起こしながら滑り込んできて、最深部をずぅんと突き抉った。

せり上がった快感が大きく弾け、息がとまる。

ほぼ同時に、屈強な腰がぶるりっ、と戦慄き、お腹の奥で熱い精がほとばしった。

あああ……。き、気持ちよすぎて、もう……おかしくなりそう……。

「も、持田さん……好きだ……」

掠れた声とともに、唇を唇で塞がれる。

舌と舌を甘く絡め合わせながら、ゆっくりと放たれるのは、満ち足りた刹那だった。

腕を回し抱きしめると、しなやかな筋肉に包まれた背中は汗ばんでいる。

早鐘のように轟く彼の鼓動さえも、愛おしく感じた。

「……好き。私も、大好き。成親さん……」

気持ちを込めた口づけを交わしながら、このままでいられたらいいのに、と願った。

第五章　プロポーズはグーパンのあとで

「成親さんて……すごいですよね。若いって言うか、体力有り余ってるって言うか」

生まれたままの姿で、うつ伏せに寝そべる織江は、顔だけこちらへ向けて言った。

枕に押しつけられた頬はうっすら上気し、大きな琥珀色の瞳は輝き、拗ねたような表情を浮かべている。

……かっ、可愛い……。可愛すぎないか……？

隣に横たわる成親は、胸をドキドキさせて見惚れた。

餅みたいに真っ白で、むちっとした、すべすべの肌。上体を軽く上げ、肩を高く突き出し、枕に甘えるような仕草があざとい。自分の魅せかたをよく心得ている。だが、可愛いのだ。あざといけど、尋常じゃないほど可愛い……。

「ぜんぜん疲れてる様子もないし。ずっとエッチばかりしてるし……」

彼女の、責めているようでその実、甘えている口調が堪らなく好きだった。

ふっくらした乳房は下を向き、先端の蕾がシーツに押しつけられている。さんざん成親に愛でられた蕾は、ほんのり朱に色づき、行為前に比べると、やや膨らんで見えた。

ふたたびあれを口に含みたい欲が高まり、やたらと唾が溜まり、ゴクリと呑み込む。

さっき飽きるほど吸ったのに、まだ足りなかった。いっそ、食べてしまいたい……。

「もしかして……カラダ目当てだったとか？　って、人の話、ちゃんと聞いてます？」

「え？　ああ、もちろん。えーと、なんだっけ？」

「だーかーら！　ずっとエッチばかりしすぎですって話。感覚がおかしくなりそう……」

彼女がなにか言ってる間、視線は乳房に釘付けだった。ずっしり質量のあるそれは、潰されて、むにっと横にはみ出している。いかにも柔らかそうなそれを、指でつつきたくて堪らなかった。ぷにぷにして、気持ちよさそうだ。さらに舐めたり噛んだり、もっと淫らなこともしてみたい……。

なんて言ったら絶対怒られそうだから、言わないが。

ああ、彼女のシーツはなんて幸せ者なんだ！　と、本気で嫉妬した。あんな風に四六時中彼女にくっつき、重い乳房を支えたり、蕾をぎゅっと押しつけられたり、頬を寄せられたりしたい。

シーツになりたいと切に願ってしまう。そして、シーツの代わりに自分が寝そべる姿を想像した。自分の体の上で、彼女が眠ったり、くつろいだり、ごろごろしたりするのだ。

うわ、なんだそれ……。この世の至福じゃないか！　最高だな……。

「ちょっと！　成親さん！　さっきから、全然聞いてないでしょ？」

彼女に怒られ、ハッと我に返る。「悪いんだけどさ、シーツと僕と、交代してもいいかな？」と申し出ようとしていたから、ほとんど聞いてなかった。

「ごめんごめん。なんだって？　なんて言った？」

謝ったのに、彼女はむくれた顔をし、上目遣いでこちらを睨んでいる。

うわ……。そういう顔されると、めちゃくちゃ萌えてしまうんだが……。

心拍数が上がり、息苦しくなった。今すぐ彼女を抱きたい。さっきしたばかりだけど。

「もういいです！　これじゃ、カラダ目当てって誤解されても、おかしくないですよ？」

……カラダ目当て？

当たり前じゃないか、と言いそうになり、慌てて口を噤む。いやいや、この言いかただと本心が伝わらない。体も目当てだけど、それだけじゃない。当たり前じゃないか。

女性っていうのはなぜ、心と体を別々に考えるんだろう？

男という生き物は、心と体を切り離しては考えられないのに。

「そんなことはない。君のこと、全部好きだよ。いい匂いがするところも、髪がふわふわなのも、肌が白くてすべすべなのも、唇が柔らかいところも、胸が大きいところも……」

好きなところを申告しながら、これじゃ変態じゃないか、と恥ずかしくなってくる。

彼女の瞳は、さっと軽蔑の色を帯びた。そんな官能的なポーズを取りながら、冷ややかな目をされると、ますます興奮してしまって、まずい……。

ツンとした彼女が顎で示した先には、ふたたび力を得たものが、直立していた。

「成親さんて、もしかして、底なし？」

性欲は強いほうだという自覚はあるが、普段はこんなにスタミナは持たない。

「いや、君のせいだよ。いつもはこうじゃない。なぜか君を見ていると、無性に……」

エロい気持ちになって、異様にムラムラしてくるんだ。

と言ったらさすがに嫌われると思い、そこはぐっと堪え、代わりにこうお願いした。

「その……もう一回、いいかな？　もちろん、君が嫌じゃなかったら、の話だけど」

彼女は口を尖らせ「別に嫌じゃないけど」とぶつくさ言うけど、満更でもなさそうだ。

一人掛けのソファにもたれ、彼女の生足が自分の腰を跨ぐのを、ドキドキして眺めた。

二つ揃いの膨らみが、ふるりと弾んで、こちらを向く。膝立ちになった彼女の尻を支えると、甘えるように彼女の両腕が首の後ろに回ってきて、デレデレしてしまった。

「なんか、成親さん……。なにもしてないのに、準備万端って感じ」

彼女は、完璧に勃ち上がったものに視線を落とす。すでに避妊具は装着済みだ。

「なにもしてないって、充分してるだろ。君が寝そべったり、首を傾げたり、微笑んだりするだけで、僕はこうなるんだよ」

「そんなこと言われても……」

尻から下へ手を滑らせ、そっと秘裂に触れてみる。先ほどの濃厚な性交のせいか、まだそこはぬめっていた。優しく花びらを開かせ、人差し指を蜜口から挿し入れていく……。

う……わ……。これは、すごい。指が呑み込まれる……とろとろだ……。

指で奥のほうを掻くと、にゅるにゅると媚肉が蠕動し、溢れ出した蜜が手の甲から手首へぬるりと伝う。こんな温かいところに挿れたら……と想像するだけで、自然に腹筋が引きつり、股間の劣情は痛いほど強張った。

「あぅ……んっ……。は、早く……」

彼女に急かされなくても、こちらはそのつもりだ。

指を引き抜き、彼女の腰骨を柔らかく摑み、秘裂が強張りの尖端に来るように導く。

そうして、華奢な腰がゆっくりと下りていく……自ずと矢じりは蜜口の中心を捉え、熱槍はそのまま吸い込まれるように、奥へと呑み込まれていった。

とろりとした極上の肉襞に根元までくるまれ、ゾクッと腰が甘く痺れる。

「う……くっ……」

一気に込み上げる射精感。まぶたを閉じ、歯を食いしばり、ギリギリで耐え忍ぶ。

「ふ……深くて、すごく、気持ちイイ……」

夢見るように、彼女はつぶやいた。

ああ、可愛くて、綺麗だな……。好きだ……。

どちらからともなく、伸ばした舌と舌を、空中で絡める。途方もなく甘やかな口づけを
し、滑らかな素肌を抱きしめ、彼女を愛おしく思う気持ちでいっぱいになった。

「持田さん、土日はいっぱいしよう。君と飽きるまでやらないと、おかしくなりそうだ」

長いキスのあと、そんな切羽詰まった声が出てしまう。

「いいけど。持田さん呼びはやめてよ。成親さんの好きな呼びかたで呼んで欲しいな」

「好きな呼びかた？　なら、もっちーでいいか」

大真面目に言ったのに、彼女はプッと噴き出し、「まさかの、それ？」と笑った。

「なにがおかしいんだよ。いつも石山がそう呼んでて、ものすごく羨ましかったんだ」

彼女はアーモンド型の目を優しげに細め、耳元に唇を寄せ、恥ずかしそうにささやく。

「もっちーもいいですけど、織江って呼ばれたいです。好きな人には……」

チュッ、と頬にキスしてもらい、心から満ち足りた気持ちになった。

くびれた腰が、いやらしく上下にうねり始める。

蜜壺に咥え込まれたまま、筆舌に尽くし難い快感を与えられ、腰が抜けそうになった。

あっ、あぁっ、こっ、これは……。き、気持ちよすぎて、長く持たない……。

眼前で、はちきれそうな乳房がみずみずしく弾んでいる。桜色の絵の具を差したような

蕾がまるで誘っているようで、堪らずそれに吸いついた。舌にころりと当たる感触が甘く淫らで、夢中で舐っていると、彼女がふと動きをとめ、「嫌ぁ……」と自らのお腹越しに、中にある熱槍を、ぐにっと押さえた。

「なんか……。成親さんて、絶対むっつりですよね」

不満そうに言われ、蕾を口に含んだまま、えっ？　と、視線だけで彼女を見上げる。

「私の胸を吸うたびに、膣内(なか)ですごく大きく硬くなるの……なんか、やらしくて。むっつりっぽいですよ。普段は真面目キャラだから、余計に」

不名誉な称号ではあるが、あながち間違いじゃないから仕方ない。

「成親さんて真面目だから、部下とは寝ないタイプなのかと思ってました」

答えはわかっている癖に、彼女は腰を艶(なま)めかしく揺らしながら、そんなことを言う。

「いいんだ。こんなに天国みたいに素晴らしいなら、最悪、懲戒食らっても後悔はない」

媚肉にきゅっと締めつけられ、気持ちよすぎるあまり、声が上ずってしまった。

むしろ、彼女とエロいことができない以上に不幸なことなど、この世にはない！

そう断言できる。この柔らかい肌を抱きしめている今ならば。

細い腰が弾むたび、結合部から白蜜の飛沫が散り、いよいよ彼女は嬌声を上げた。

「あっ、わっ、私っ、あぅっ、もっ、もうっ……！」

精を搾り取らんとするように、蜜壺は活発に収縮し、熱槍を包む媚肉が淫靡(いんび)に蠢く。

摩擦により、彼女と自身の境界が曖昧になり、とろけるような刺激が尻から抜けた。

ああ、このまま搾り取ってくれ。彼女に搾り尽くされるなら、どうなってもいい……。

細腰が落ちきった瞬間、矢じりが最深部を、ぐりっと穿ち、彼女がはっと息を呑む。

「ああ、もうっ……」

彼女が達すると同時に、込み上げた熱が尿道を走り抜け、勢いよく先端から噴出した。

うあっ……。あああ……すごい……。

強烈なエクスタシーに鞭打たれ、あまりの愉悦に声も出せず、息もできなかった。

震える彼女の肢体を抱きしめ、気が遠くなりながらも、勢いよく熱を放ち続ける……。

精は薄い膜に閉じ込められ、溜まっていくのがわかり、微かな虚しさが胸をよぎった。

「んぅ……。好き、成親さん。大好き……」

とろんとした彼女の唇を、無我夢中で貪る。

僕も好きだ。大好きだよ。もう好きすぎて、このままいつまでもこうしていたい……。

心も体も深く繋がり、甘い口づけに恍惚としつつ、最後の一滴まで吐き尽くす。

そうしてしばらく、じっくり余韻を味わっていると、静かな思いが胸に去来した。

僕ももういい歳だしな。もし結婚するなら、彼女がいいな……。

以前に比べ、女性を見てときめいたり、好きだと感じたりすることはほとんどなくなった。きっと忙しく生きていると、そういう感性が摩耗していくんだろう。

最近は正直、あきらめていた。もし結婚するとしても、それは感情を抜きにした非常に事務的な、ごく儀礼的なものになるに違いないと。別にそれで構わないと。

社会に出て荒波をくぐるうちに、感情を優先して生きるのは難しくなる。いつまでも好きだの嫌いだの、愛だの恋だの言ってられないのだ。社会や組織というものは、個人を木っ端みじんに粉砕し、吹き飛ばしてしまう。それに耐えているだけで、精一杯だから。

つまり、それが大人になることだと思っていた。常識を守り、周りに合わせ、感情を殺し、ワガママを言わず、組織のために利益のために社会のために、我慢する。

見返りは組織が僕を守ってくれること。つまらないけど秩序のある、安心安全な人生。

だから、彼女に初めて会ったとき驚いたし、呆れもした。なぜなら、すべてを逆行して生きていたからだ。彼女は可能な限り、常識に逆らい、周りを無視し、自分の感情を優先させ、ワガママばかり言い、我慢していなかった。（できなかったのかもしれないが）

生きづらいのは当たり前だ。だが反面、羨ましくもあった。そんな風に、不器用ながらも一生懸命生きる彼女が、純粋で、原始的な生命力に溢れ、まぶしく見えたから。

組織での有利な立場と引き換えに、僕が失ってきたものを、彼女はすべて持っていた。

彼女自身はそのことを恥じ、もっと器用に生きたいらしいが、紛れもなくその不器用さが彼女の魅力だと思った。彼女が彼女たるゆえんだし、僕はそこに惹かれたのだ。

器用に立ち回るあまり、真面目だけが取り柄のつまらん男に成り下がった僕を、彼女が嫌うのもわかる気がした。

だから、彼女に好意を……性的な興味を向けられたとき、猛烈にうれしかった。

そして、僕にもまだちゃんと血の通った恋情が残されていたのだ。

彼女の姿が目に入るたびにときめいたり、夜に家路につくときに彼女の面影を思ったり、真夜中に眠るときに彼女を恋焦がれたり、そういうことがまだできた。

そのことが、想像以上にうれしかったのだ。

人間らしい感情を、この身で一心に味わうことが、こんなに素晴らしいなんて。

大切にしたいと思った。組織にすりつぶされて生きるしかないのなら、優しさや温かみや好きな気持ちも、いつしか失われていくのなら、残されたわずかな心を守りたい。

だから、もしかしたら僕の人生にとって、これが最後の恋になるのかもしれない。

最後の女性が織江でよかったと、成親はかつてない幸福感に包まれていた。

そのあとの土日、織江は成親の家に泊まり込み、寝る間も惜しんで愛し合った。
成親自身は否定したけど、彼は正真正銘の底なしで、織江はヘトヘトになるまで求められた。時に優しく、時に激しく、たくましい腕の中で、何度も絶頂に打ち上げられた。

とても口では言えないような淫らな体位で、繰り返しいやらしく貫かれ、すごく恥ずかしいところを執拗に舐め回された。こんなに体の隅々まで攻められたのは、初めてだ。めくるめく官能の扉が開かれ、新たな境地に至った気がした。

案の定、織江は腰をやられてしまい、立ったり歩いたりができなくなり、成親に甲斐甲斐しく世話を焼かれた。食べさせてもらい、お姫様抱っこで運んでもらい、お風呂に入れてもらい、さながらアラブのどこかの王様の如く過ごした。

そんな成親は腰を気遣いつつ、優しく織江の両腿を開かせ、猛りきった自身の強張りを、織江の奥深くまで沈めることはやめなかったけれど……。

織江の全身には、成親に深く愛された痕跡が刻みつけられている。柔肌のあちこちに薔薇のような痣が散り、胸の蕾はひりついて尖ったままで、秘裂はずっと湿り気を帯び、膣内で成親が暴れ回っている、生々しい感触が抜けなかった。

さながら発情期の獣のように、濃密な交わりだったのは間違いない。けど、時折見せてくれる、愛おしそうな眼差しや、名を呼ぶときの優しい声、深い想いのこもった口づけに、彼からの愛情を浴びるほど感じていた。

「……好きだ。織江が好きで、好きで、もう堪らないんだ」

本当に堪らなそうな顔で訴えられると、つい脚を開き、何度でも彼を受け入れてしまう。

こうして、晴れて成親と結ばれ、織江は幸せの絶頂にいた。

成親とのことは会社に内緒で、秘密のドキドキ社内恋愛が始まる。

毎週末は彼とお出掛けデートを楽しみ、たまに平日も彼の家に泊まり、月島のマンションからオフィスへ通う日々が続いた。

今が幸せだから、深刻にならなくてもいいんだろうけど。この先、どうするのかな？

ふとした疑問が胸をよぎる頃、暑さは徐々に和らぎ、暦は九月に入っていた。

「……今、なに考えてた？」

耳元でセクシーな低音が響き、織江はびくっとする。

ここは成親の自宅リビング。今日は金曜日で二人は早めに仕事を終え、夕食を取った。

シックなシェーズソファでくつろぐ成親の膝の上に、織江は子供みたいに抱っこされ、巨大スクリーンで好きなアニメ映画を観ていた……はずなのに、いつの間にか、成親の両手がシャツの裾から入り込み、素肌を撫で上げている。

あっという間に、ブラジャーのホックが外され、締めつけから解放された。かと思ったら、大きな二つの手が両方の乳房を鷲摑み、ゆっくりと揉みはじめる……。

「あっ……ちょ、ちょっと……。やぁんっ……」

逃れようとすると、シャツの裾がずり上がり、ふるりと乳房がまろび出た。彼の十本の指はがっちり乳房に絡みつき、ちょっとやそっとの抵抗では逃れられそうにない。

……んん、んっ、もう、また……。成親さんってほんと、胸ばっかり……。

出会った頃より、乳房は一回りも二回りも大きくなり、カップサイズも上がった。逢瀬を重ねるたび執拗に揉みしだかれ、吸われ続けたせいだ。

「……嫌？　僕はしたい」

聞き惚れるような美声で誘惑され、断れる女性なんてこの世にいないと思う。

「嫌ではない、けど……」

骨ばった指が、頂の蕾に夢のような愛撫を施す。つぅーんと抜けるような痺れが、胸の頂からお腹へ細く流れ、たちまち蕾は硬く尖った。

「あ……ん……やぁん……。嫌ぁっ……」

息が上がり、下腹部がじりじりと疼く。

「……ん。どうした？」

心配そうにささやく癖に二本の指で蕾を強く摘まれ、じゅわっと秘裂が潤う。

成親さん……む、胸の触りかたが、むちゃくちゃやらしくて、感じちゃうっ……。

ずしっとした乳房を捧げ持ち、彼はじっとそれに見入っている。蕾は苺ほどに膨れ上がり、鮮やかな朱に染まって、艶（なま）めかしく変貌を遂げていた。

首筋に掛かる息が荒くなる。彼が興奮していくのが、手に取るようにわかった。

「昼間、オフィスで君を見てさ、シャツの胸のロゴが広がっているのが気になって……。君のこれが、押し上げてたんだ。もう、触りたくて堪らなくて発狂しそうだった。何度も触ってるはずなのに、全然飽きないんだよな。これって病気かな……」

どうやら彼は、織江の肉体を育てるのが好きらしい。調教するのが、と言うほうが正確だろうか。乳房を大きくしたり、蕾を感じやすくしたり、花芽を発達させたり……。

そうして、織江の体に刻みつけた調教の成果を、じっくり堪能するのが好きなのだ。

……そう。ほんとに変態。超ド変態……なのは、重々わかってるんだけど……。

恥ずかしいほど激しく乳房を揉まれ、顔をしかめつつ、こんなことを思ってしまう。

そのド変態ぶりが、私、結構好きみたいで……。

切れ者で有能な彼ももちろん好きだけど、むっつりで変態な彼の、ちょっと自信なさげなところが実は好きだった。その外面と内面のギャップに萌えてしまって……。

自分のこの体が、彼を狂わせているのかと思うと、密かに罪深い愉悦を感じる。

……けど。

「成親さんて、私のどこがいいんですか？　その、体以外という意味で。たまに不思議になるんですよね。私って、人に誇れる特技も能力も、なにもないのに……」

「そんなこと考える必要ある？　君は存在してるだけで、パーフェクトに可愛いのに」

大真面目にそう言われ、思わず「は？」と聞き返した。

「なんと言えばいいかな。君が生きて呼吸してるだけで、もう可愛くて堪らない。君がまばたきしたり、くしゃみしたり、ご飯食べたり、仕事したり、笑ったり、怒ったりしてるだけで、僕は幸せなんだ。もう可愛くて可愛くて、飛びつきたくなる」

「それって、なんもないってこと？　私、前にダメ人間って言われたけど、たしかに遅刻も忘れ物も多いし、うっかりミスばかりで仕事もできないし、あんまり頭もよくないし」

自分で言いながら、気分が落ちてきた。

「僕はそういう君が好きだよ。だからこそ素晴らしいんじゃないか。君が自分で思う欠点やダメなところが、僕にとっては最大の魅力なんだ。こんなに可愛い子はいないよ。これぞ尊いってやつだよ。僕は、君の抜けたところ、もう尋常じゃなく好きだ」

妙な告白に、思わず笑ってしまう。

「ほんと、変な人ですね」

「長男だからかな。昔から弟たちの面倒を見てきたから、慣れてるんだ。君みたいな可愛い子の世話を焼くのが好きで。……さあ、ほら、下着が汚れちゃうだろ……」

そう言いながら、幼い子にするみたく、優しくズボンを脱がせてくれ、するりとショーツも下ろしてくれる。いつの間にか生まれたままの姿になり、彼もいつの間に脱いだのか、ドクリと熱く脈打つ怒張が、ひたりとお尻に当たっていた。

ずるいな、と思う。いつも紳士的に脱がせてくれるけど、彼の目的はこれなのだ。この熱くたぎるものを、一刻も早く挿れたいだけ……。

それでも、この立派なものに深々と貫かれるのを想像するだけで、媚肉は妖しく疼き、蜜がしとどに溢れてくる。どれほど気持ちいいのかを知っているから、なおさら……。

「……ああ、よく濡れてるね。ほら、ここもだいぶ大きくなった」

彼は謳うように言い、敏感な花芽をキュッと摘まむ。それが合図となり、蜜口がふわっと開き、とろりとした蜜が内腿を伝った。このあと挿入されると、体が知っているのだ。

彼に優しくお尻を抱え上げられ、丸い先端が秘裂にあてがわれる。さあ、あとは君が腰を落として……とばかりに、背骨の下のほうをそっと撫でられた。

今、さっきまで映画を観ていたはずなのに？　という疑問が脳裏をよぎったけど、鉄のように硬い熱槍が、柔らかい膣襞（ちつひだ）を掻き分け、ねじ込まれていく快感に、なにも考えられなくなった。

やがて、熱槍はすっぽりと根元まで収まり、深いところまでぎっしりと濃密な熱で満たされる。きつい圧迫感に自然と顎が上がり、背筋は反り、息が細切れになった。

んんくっ……。す、すっごい奥まで来る……。あああ……。

膣内（なか）でそれが力強く脈打つたび、なにもせずとも達しそうになり、腰はわななと打ち震え、次々と蜜がこぼれ落ちた。性欲が強めな彼と、頻繁に繰り返される激しい営みのせいで、膣粘膜は極めて敏感になり、達しやすくなっている。

そうなるよう、彼に体を作り変えられてしまった……と言うべきか。

「さあ、動いて」

穏やかなのに有無を言わさぬ命令に、まったく逆らえずに腰が勝手に動き出した。

両手で彼の太腿を摑んで体を支え、腰を上下に弾ませる。お尻が下まで落ちきるたび、矢じりに最深部を鋭く貫かれ、痺れるような快感が脳天まで突き上げた。

あぅっ……あっ、こ、こっ、こんなのっ、すぐに、イッちゃうっ……！

背後から回された大きな手が、揺れる乳房を握り摑む。猥褻に乳房を揉み回されながらも、腰の運動はますます勢いを増し、張り詰めたものはどんどん高まっていく……。

「お、織江っ……」

興奮で上ずる彼の声は、聞いているだけで淫らな気分が高まる。

忙しく抜き差しする結合部から水音が鳴り、ツンとした雌の匂いが辺りに立ち込めた。

雄々しいみなぎりに、蜜壺をぐちゃぐちゃに掻き回され、あまりにも心地よすぎて、失神しそうになる……。

あっ、あぁっ、すっ、すごいっ、もうっ、ダメッ……。

一心に快感を追いかけ、夢中で腰を振っていた。硬い強張りを媚肉で締めつけながら、いやらしく擦りつけ、その先端を膣奥に突き込ませ、より高みを目指す……。

後ろの彼が小さく声を上げ、グッと全身を硬直させる。

「ああ、もう……イクッ……」

掠れた声が、ひどく淫靡に響いた。

同時に、せり上がって引きつったものが弾け、絶頂に到達する。

乳房を握る手に力が入り、ちょうどお尻の当たっている彼の腰が、ブルッと痙攣した。

あっ……。出……してる……。

お腹の奥のほうで、じわーっと熱が広がっていくのを感じた。

それは薄い膜に閉じ込められ、じんわりした温かさが広がる……。

「……っく……」

堪えきれない彼のあえぎ声が、鼓膜をくすぐった。

ああ……。気持ち……よくて……すごく、素敵……。

うっとり余韻に酔いしれていると、彼がうなじにキスしてきた。

お互いの荒い息遣いに耳を澄ませながら、呼吸が整うのをじっと待つ。

「織江、大好きだよ。君はずっとそのままでいてくれ。君を丸ごと大切にしたいんだ」

後ろから抱きすくめられ、熱い肌に安堵を覚える。

「君との夜が素晴らしすぎてさ、オフィスで君とすれ違うとき、君のいい匂いを嗅ぐと、危うく勃ちそうになるんだ……」

彼は鼻先を髪の中にうずめ、くぐもった声で続けた。

「君を大事にしたいんだけど、同時にめちゃくちゃに汚したい欲求もあって……わからなくなるんだ。正直、君の体を中も外もあますところなく、僕で汚したい……」

「……こら。ちょっと、もう！」

この変態！　というのはたぶん、伝わったと思う。

「今の、ちょっと変態っぽかった？」

おずおずと確認する彼がおかしくて、思わず噴き出してしまった。

「いいな。君は笑ってるのが、一番いい。僕まで幸せな気分になれる」

二人で体を倒して揺すりながら、クスクス笑い合って、ほのぼのした幸せを感じる。

「ねぇ、織江。一緒に暮らさないか？　僕はもう、君しかいないって心に決めてるんだ」

一緒に暮らそう……最近、成親に繰り返し乞われている言葉だ。

「そうだね。うーん……」

一緒に暮らすのは構わない。けど、その先を考えてしまい、安易に返答できないのだ。

「急いでないからさ、考えておいてくれないかな。ゆっくりでいいから……」

成親は穏やかにそう言って、ぎゅっと抱きしめてくれた。


これからのこと、ちゃんと考えなきゃいけない段階に来てるのかな……。

次の月曜日の朝、マンションから歩いて出勤しながら、織江は悩みあぐねていた。

週末は結局、彼とマンションに引きこもり、いちゃいちゃしているだけで終わった。

成親からは頻繁に、「一緒に暮らそう」「ずっと一緒にいたい」と言われている。

このままでいい気もする。会社に隠れてこっそり付き合い、彼のマンションを拠点に逢瀬を楽しむ。近いおかげで出勤も楽だし、プライベートも仕事も充実している。

現状維持がいいなぁ。今の幸せな状態をキープし、いつまでも変わらずにいたい……。

結婚や同棲を真剣に考えはじめたら、いろいろと面倒だ。会社にも言わなきゃいけないし、お互いの両親や友人も巻き込み、苦い過去もさらけ出さなきゃいけなくなる。

一方、立派な学歴と経歴を持つ成親は、さすがお天道様の下を歩いてきた人らしく、誰に対しても、己の過去を語ることに躊躇がなかった。

織江はそういう人とは違う。知られたくないことが山ほどある。特に学生時代は……。

——もちブタ織江。

思い出すだけで、体中からエネルギーが吸い取られる心地がする。当時、現に吸い取られていたのだ。そうやっていじって笑いものにして憂さ晴らしをする、同級生たちに。

もう、忘れたい。思い出したくない。記憶を黒く塗りつぶし、全部なかったことにしたい。学生時代をひた隠し、現在の痩せたまともな自分だけ見せて、付き合ってはダメ？

誰かと真剣な関係になろうとすると、必ず付きまとうのだ。もちブタ織江の過去が。

そんなの、誰も気にしないと、他人は笑うだろう。けど、多感な時期に深く抉られた傷というのは、そう簡単に癒えない。隠すことは可能だけど、その下で傷はじゅくじゅくと膿み続ける。頭ではくだらないとわかっているのに。今、関わっている人たちにそのことを打ち明けたところで、嘲笑する者など一人もいないというのに。

どう言えばいいんだろう？　魂の深いところに、そっと植えつけられるのだ。人間に対する、純粋な恐怖を。

心の傷、というのは言い換えれば、人間不信の集積なのかもしれない。

自分自身をさらけ出そうとするとき、その恐怖が、すっと口を塞ぎ、嘘を吐かせるのだ。学生時代？　ぼちぼちだったかな。大した思い出はないよ。友達少なかったし。

誰しも心に傷を負って生きていると思う。当然、そのすべてを語る必要はないし、織江だって別に聞きたくもない。皆、それぞれ秘密を抱え、すべきことをすればいいと思う。

ただ、深く心を通わせる相手に対しては、それでいいのかなと疑問が残った。けど、今の織江はそのことについて語るのは無理だ。だから、過去については沈黙するしかない。黙っているけど、嘘は吐いていない、という状態を保つのが精一杯だった。

自分の人生にとって重要な要素を黙っていることは、嘘に該当するんだろうか？

せっかく地元から逃げ、ようやく東京に落ち着き、今は影響を受けずにいられるのに。こういうのを「脛にキズを持つ」と言うのかな？　実家が裕福で、家柄も血筋も申し分なく、五体満足で地元の友人ともうまくやり、恥じる部分が一つもない人が羨ましい。

誰にも言いたくない、なにかコンプレックスがあるだけで、恋愛や結婚といったスタートラインにさえ立てなくなってしまう。

そもそも、「成親さんが好き」と言う自分自身は、何者なのか？

大手重工業系ＩＴ企業勤務のＩＴアーキテクト持田織江なのか。

それとも、田舎者で太った「もちブタ織江」なのか。

そこがブレるから、足元が揺らぐ。自分の正体が前者なら「あなたと結婚したい」と堂々と言えるけど、後者なら、そんな大胆なこと言う資格もないと卑屈になってしまう。

自分が嫌いで変わりたくて、理想の自分を思い描き、それに向かって一生懸命努力したところで、所詮それは「化けの皮」であり「自分を偽っている」ことになるの？

ああ、もう、そんな難しいこと、考えたくもない。

閉ざされた二人だけの甘い世界で、誰にも邪魔されず、愛し合っていたい……。

そんな風に願うのは、ワガママなんだろうか。

……けど。

本当の、本当の、本音を言えば。

正直、結婚はしたいのだ。できれば、幸せな結婚を。

心から愛し愛され、温かい家庭に包まれ、自分の過去なんて気にせず、まぶしい光の中をゆく、ハッピーエンドのドラマみたいな人生を歩んでみたい……。

そんなの、心の奥底では誰でもそう願っているんじゃないかと思う。

それが叶うのは難しいから、叶わぬ現実に耐えられないから、口にしないだけで。

ここまで考え、ふと思う。恋愛ドラマによくある、イケメン御曹司に心から愛され、結婚してくれと迫られる王道展開を、「現実にはあり得ない」「そんなの難しい」と批判する人がたくさんいる。

けど、真に難しいのは、御曹司に好かれることではなく、ありのままの自分自身を受け入れることじゃないだろうか。

この世に生を受け、いろいろ傷つけられながら成長し、現在まで繋がっている一本の人生の糸を、恥ずかしいところも嫌なところも、まるごと受け入れられるかどうかが……。

……私は、ダメだな。昔のことなんて思い出したくない。なかったことにしたい。

——君は存在してるだけで、パーフェクトに可愛いのに。

そう言いきってくれた成親に、申し訳ないと思う。自信のない自分が、情けなくて。

うっすらした虚ろに心を覆われながら、織江はとりあえず今日も仕事を頑張った。

SEから渡された基本設計書がちんぷんかんぷんなのは、自分の頭が悪いのかそれとも設計書が悪いのか……わからないままSEに質問する。

「ここに、帳票出力、とあるんですけど、なんの帳票ですか？　どこにも書いてなくて」

すると、設計者のSEは嫌そうな顔で睨みつけてきた。

「……は？　今、忙しいんだけど？　処理名見りゃわかるだろ。自分で業務に聞けよ」

どうやら彼もわからないらしい。人の入れ替わりが激しいと、こういうことがよくある。いったいなにをどう作ればいいのか、その場の全員がわからないという事態が。

どういうものを作るか、明確ならばまだマシなほうで、いざプログラムを組もうとしても、基本設計の段階まで立ち戻り、仕様を確定しなければいけないことがままあった。

業務の担当が誰かさえ知らない織江は「どうかあなたが確認してください」と頼み込み、どうにか受諾させる。この確認に取られた時間は、織江のスケジュールの遅延扱いになるから、理不尽だと思った。

はあぁ……。SEとちょっと話すだけで、むちゃくちゃ消耗するなぁ……。

成親がいれば早いのにと、つい願ってしまう。残念ながら、彼は今日も静岡に行っている。いよいよ梅上電機のプロジェクトが始動するのだ。

心に浮かんでは消える悩みをとりあえず一旦保留し、織江は仕事に意識を集中させた。

そうして、十九時まで残業し、デスクの周りを片付け、開発室をあとにする。

そういや、今日も石山くん来てなかったなぁ。もしかしたら、もう来ないのかな……。

疲労でぼんやりする頭で、あれこれ考えつつ、灯りの落ちたエントランスホールを横切り、社員通用口に向かった。

そのとき。

「もちブタ織江さん！」

背後から場違いなほど明るい声が聞こえ、織江はギクリと足をとめた。

……えっ……？

心臓が、ゴトリ、と嫌な音を立てる。

その声ににじむ嘲笑の響きまで、かつて織江をそう呼んだ人たちとよく似ていた。ガタゴトと鼓動が乱れ、うまく息ができなくなる。胸の奥に風穴をぶち開けられ、そこからエネルギーがどんどん奪われていく……そんな感覚に襲われた。

恐る恐る振り返ると、石山が立っている。ちゃんとスーツを着て社員証を首から提げ、青白い顔に卑屈な笑みを浮かべていた。

「って呼ばれてたそうですね？　僕の同期に東北出身の奴がいて、昔のもっちー先輩のこと、知ってるらしいんです。すっげーデブだったたって言ってましたよ！　あははっ」

とっさになにも言えず、ただ息を呑んで石山を見つめる。

「もちブタ織江ってネーミング、さすがにヤバくないですか？　声出して笑いました。もっちー先輩って、もちブタからの進化形なんですね！　あははっ」

これって……。私、笑わなきゃいけないのかな……？

喉が強張ってしまって、笑うどころか声も出せなかった。

「他にもいろいろ聞きましたよ。僕、胸が熱くなりました。あー、もっちー先輩、脱デブ目指して、田舎で涙ぐましい努力してたんだなーって。人の過去のSNSを掘ると、いろいろ出てきて面白いですよね！」

……面白い？

空恐ろしさに打たれながら、純粋に驚く。いったい、なにが面白いの？　他人の過去をあれこれ勘ぐり、ＳＮＳを調べ上げ、笑いものにするのが、面白いですって？

石山はニヤニヤしながらこちらを見ている。そののっぺりした顔に、なにか人間ではない、醜悪な浅ましさのようなものを感じ、ゾッと悪寒が走った。

……怖い。石山くんが、怖い……。

恐怖は今や自分の中ではっきりとその形を取り、顎が震えそうになる。

そのとき、石山の眼差しに、あからさまな不信と憎悪が含まれていることに気づき、あれ？　と思った。以前とはなにかが、あきらかに違うような……。

その疑問の答えは、石山の次の言葉でわかった。

「実は僕、たまたま見ちゃったんですよね。一つ前の月島駅で降りて歩いてたら、もっちー先輩が、あの人のマンションから出てくるところ……」

「えっ……？」

「お泊まり出勤ですか？　もっちー先輩も人が悪いですよね。あの人とそういう関係だった癖に、僕の愚痴を聞いてたんでしょ。僕、なんであの人にこんなに嫌われてんのかなって、ずっと疑問だったんですけど、ようやくわかりました。もっちー先輩が全部バラしてたんですね、僕の悪口」

とんでもない勘違いをされていると知り、思わず声を上げる。

「違うよ！　私、そんなことしてない。石山くんのことなんて、彼に一言も言ってない」

石山は目を細め、「……彼？」とこちらの言葉を繰り返し、したり顔をした。

「やっぱり、やらしい関係だったんですね。なんか、汚いですよ。そういうの、すっげー汚い。陰でコソコソ皆を騙し、味方のフリして僕のこと、嗤ってたんでしょ？」

憎々しげにそう言われ、自分のみならず、成親まで汚される気がした。成親に対する優しい気持ちも、好きな気持ちも、薄汚れた不道徳なものにされたみたいだ。

石山の顔はてらてらと奇妙に光り、笑っているように見えてその実、膨大な怒りを……あるいは、深い傷を隠し持っているようで、これ以上話したら危険な感じがした。

今の彼になにを言っても、通じないんじゃないかと、直感したのだ。

「しかし、あの人も有能そうに見えて、意外と頭悪いなぁ〜。軽く遊ぶにしろ、社内とか一番あり得ないっしょ。なんで自分の立場が危うくなるようなことしてんだろ」

……軽く遊ぶ？

「あの、私たち、一応真剣に交際してるんだけど……」

腹に据えかねて言い返すと、石山は大げさに目を丸くした。

「それ、マジで言ってます？　いやー、もっちー先輩とか、どう考えても相手にしないっしょ。僕たち腐っても楢浜重工の人間なんで、身元のよくわかんない子会社の非正規の人とか、変な外国人とか、仕事は一緒にしますけど、真剣交際するとか、ないない！」

非正規の人とか、変な外国人とか……？　それって、私と、王ちゃんのことかな？

これまでも薄々感じていたけど、今ほど石山の優越意識を怖いと思ったことはない。

いったい、なにが彼をこんな風にしたんだろう……？

石山と対峙しながら、そんな疑問が頭の片隅をチラリとよぎる。

入社当時の石山は……今から二年前だけど、こんなんじゃなかった。楢浜重工を誇りに思っている節はあったけど、これほど強烈な優越意識はなかったように思う。

変わっていったんだろうか？　殺伐としたプロジェクト、思い通りにならない仕事、うまくいかない人間関係……それらの積み重ねが、徐々に彼を歪ませたのかもしれない。

誰にも言えないけど、そういうことについて実は、織江にも思い当たる節があった。

冴えない自分自身に不満だらけ。認められたいのにうまくいかず、自分は周囲に拒絶されたと思い込み、社会に対する恨みつらみが、澱のように募っていく……。

華やかな表舞台で活躍する人を羨み、同じだけその人を許せなくなる。せめて、一太刀浴びせたい。どうにかして傷つけてやりたいのだ。「おまえ、調子に乗るなよ」と。

これはかつて太っていた織江が抱き、自覚していた昏い情動だ。だからこそ地元を捨て、東京に来たのだ。自分が自分じゃなくなっていく……そんな自分から逃げるために。

なにも石山に限った話じゃない。織江もそうだし、誰しも大なり小なりあると思う。自分の望み通りにならないフラストレーションを誰かにぶつけ、憂さを晴らし、快感を得るというのは。

なので、こういうことは慣れていた。オフィス内でも頻繁に起きていることだ。傷ついている人が、別の誰かを傷つけ、連鎖していくのだから。

そして、その連鎖を断ち切るには、沈黙を保って逃げるしかない。

「……悪いんだけど。急いでるから、私、帰るね」

ようやく舌が滑らかに動き、踵を返そうとすると、石山ははっきりこう言った。

「もっちー先輩、もちブタ歴隠して、玉の輿狙いですか？」

石山の口角が引きつったように上がり、その顔がぐにゃりと奇妙に歪む……。

このとき、脳内を声がペチャクチャさえずった。デブ、ブタ、太ってる、脳内お花畑、バカ、アホ、無能、残念、台無し、変、クドい、ドン引き、おかしい、イマイチ……。

ああ、もう……やめて……。そうやって、私のことを勝手に決めつけないでっ！

これまで、己に貼られてきた無数のレッテルを、すべて振り払おうとするように。

織江は拳を強く握りしめ、振りかぶった。

「グーパンで殴った?」

今、耳にしたばかりの報告がにわかに信じられず、成親はもう一度確認した。

「グーパンて……。あの、手で拳を握って殴るという意味の、グーでパンチだよな?」

すると、スマホの受話口の向こうで王皓が、そうですグーパンチです、と肯定する。

「開発の持田織江が、本社ビル一階の社員通用口で、うちの石山をグーパンチで殴った、と……。事実関係はこれで間違いないな?」

王皓はふたたび、そうですグーパンチです、と同じセリフを繰り返した。

なんでそんなことになったんだ? と、成親は信じられない思いで言葉を失う。

時刻は二十時過ぎ。成親は梅上電機からの帰りで、築地のガソリンスタンドにいた。

王皓によると、石山は織江に殴られたあと昏倒し、口の中が切れて出血したらしい。

退社しようとしていた王皓がたまたま通りかかり、その一部始終を目撃したそうだ。

幸い、石山の怪我は大したことなく、本人も「騒がないで欲しい」と望んでおり、警察や救急車を呼ぶ事態には至らなかったという。だが、そのまま見過ごすわけにもいかなかった王皓は、上長である成親に念のため報告をと電話してきた。

「事情はよくわかった。報告ありがとう。あとは僕に任せて、王くんは家に帰りなさい」

とりあえずそう指示して電話を切り、すぐさま織江に電話を掛ける。

が、彼女は出ない。【大丈夫か?】とSNSを送ってみても、既読さえつかなかった。

このままじゃ埒が明かないと思い、成親は運転席につき、織江の自宅へ向かう。

「まったく、どうなってるんだ? うちは事務系の職場で、ガテン系じゃないんだぞ」

今、西暦何年だと思ってるんだ? 戦国時代じゃあるまいし、オフィスビル内で殴り合いなんて、創業以来聞いたことがない。

いや、正確には織江が一方的に攻撃しただけで、殴り「合って」もいないのか……。

こういった度肝を抜かれる事態に慣れつつある。あの天然野生児みたいな織江がいると、驚くような事件が日常茶飯事なのだ。特に開発チームのメンバーは、個性が強烈だし。

とはいえ、違和感は拭えない。織江はたしかにダメ人間だが、それは遅刻をするとか、うっかりミスといったもので、誰かを直接傷つけることは決してない。付き合いはじめてしばらく経つが、彼女がそこにいない第三者に言及するのを、聞いたことがなかった。

そういうところが、彼女の純粋さだ。そして、成親が愛してやまない美点でもあった。

それに、成親は実のところ、石山のことをあまり信用していない。人間的に。

彼女、なにがあったんだろう? 石山に、なにか言われたんだろうか……?

途中、ドラッグストアに寄って必要そうなものを買い、南千住駅近くのコインパーキングに車を停め、織江のアパートの階段を上った。

「織江、いるのか? 僕だ。成親だ。いるなら、開けてくれ」

インターホンを押してノックすると、ガチャリとドアが開き、織江が顔をのぞかせた。

「……やっぱりいたのか。いったい、どうしたんだ？　王くんから電話があったぞ」

よく見ると、織江は泣き腫らした目をしており、紅潮した頬は涙で濡れていた。

「泣いてたのか……。大丈夫か？」

織江は返事の代わりに、ずずずっと鼻をすすり、黙って成親を中へ招き入れた。

成親はラグに座ってベッドにもたれ、織江を膝の上に抱き上げる。

「手を見せてごらん」

彼女の右手を見ると、甲の膨らんだ五本の関節のところに、青あざができている。

持参した保冷剤をタオルで包み、患部を冷やしてやり、その上からそっと手を握った。

「……どうしたんだ？　怒らないから、なにがあったのか、話してごらん」

できるだけ優しく言うと、織江は顔をぐにゃりと歪め、小さく嗚咽しはじめた。

「よっぽどのことをされたんじゃないのか？　君はそんなことする子じゃないだろう」

すると、彼女は両手で顔を覆ったまま、蚊の鳴くような涙声でこう言った。

「……私、昔、すごいデブだったんです……」

「えっ？」

「たぶん成親さん、写真見たら引くと思います。とんでもないデブで……。地元で、も、もちブタ織江って呼ばれてました。そ、それが、すごい嫌で……ずっと嫌で……」

「うんうん」

「私、だから、東京に出てきたんです。じ、地元の子は嫌いじゃなかったけど、うまく言えなかった。やめてと言っても、全部冗談にされるんです……」

しゃくりあげながら、必死で話そうとしている彼女を包むように、そっと抱きしめる。

「うん、わかるよ。そういうの」

「実家も貧乏なんです。田舎で、貧乏で、デブで……いいところなんて一つもありませんでした。いつも成親さん、可愛いって言ってくれるけど、本当は全然可愛くなんてないんです……うぅ……」

そんなことない、と否定したかったが、今の彼女には届かないと思い、黙って聞く。

「だから、私……変わりたくて……。ずっと変わりたくて……。綺麗になりたくて……」

なんだ、そんなことで悩んでいたのか……と、脱力感に襲われた。そういうコンプレックスは多かれ少なかれ、誰しも持っているものだ。若いうちは特に、思い詰めてしまう。

きっと、この話をするのは相当勇気が要っただろう。

まだ若くて、未熟で、一生懸命に生きようと足掻いている、傷だらけの彼女が堪らなく愛おしかった。守ってやりたいと切に思う。守らなければ、僕が……。

「話してくれて、ありがとう。すごくうれしいよ。君が、僕を信じてくれて、ますます君に近づけたようで、うれしいんだ。君の言ってること……よくわかるよ。誰にでもさ、絶対に知られたくない傷っていうのは、あるものだから」

もちブタ織江か……。くだらないからこそ、ひどく残酷だ。

泣きじゃくる彼女の背中を撫でながら、つくづく不思議に思った。

「なんでなんだろう？　なぜ、名づけたがるんだろうな？　彼はこういう奴だとか、私はこういう人間ですとか。そうやって、誰かのことを分類して、レッテル貼って、言葉で縛ってさ、いったい誰が幸せになるんだろう？　僕もたまに考えるよ、そういうこと」

するると、彼女は少し顔を離し、濡れた瞳でこちらをじっと見る。

「人のことは言えない。僕も君のことをダメ人間だと、決めつけた過去があるし。だが、自分が傷ついたからって、誰かを傷つけちゃ、ダメだよな。ごめんな。もう二度と君のことを、決めつけたりしないと誓うよ」

「……ううん、大丈夫。私もあなたに同じことやったから。お互いさまだから……」

彼女は鼻水をすすり、申し訳なさそうに眉尻を下げた。

「ごめんなさい。石山くんに、もちブタ織江って笑われて……ついやってしまったの」

「わかってるよ。石山が先に口を出したんだろう？　だが、暴力はあまりよくない」

すると、彼女は素直にこくんとうなずく。

「今はすごく反省してる。殴るべきじゃなかったって。彼の同期に、私の地元の人がいるらしいの。それで、ＳＮＳを漁って私の過去を探ったんだと思う。そういうの聞いて、すごく怖くなっちゃって……ごめんなさい」

　そのあと、彼女から石山との顚末を聞き、やれやれと思った。今の時代、隣人がいつストーカーに転じるかなんて、わかりゃしないのだ。恐らく石山は、そういう自身の薄気味の悪さを、自覚できていないだろうし。

　そして、そのことを誰も彼に教えることはできないだろう。

　この世には、言葉で説明しても伝わらないことのほうが、はるかに多いと思った。

「一番大切なのは、君が僕になにもかも話してくれることだと思うから、本当によかった。君が包み隠さず話してくれて。もし話すことを拒否してたら、真相がわからなかった」

　それでも、彼女は赤い顔でうつむき、しょんぼりしている。

「僕は、そんな君が好きだよ。太ってても痩せてても、田舎者でも貧乏でも、ありのままの君が大好きだ。ずっと言ってるだろ？　もっと甘えてくれていいんだ」

　恥ずかしそうに身を寄せてくる彼女を、想いを込めて柔らかく抱きしめた。

「君の容姿がどうであっても、すごく好きだよ。大丈夫だから……」

　彼女の涙を拭い、優しく髪を梳き、背中を撫でて、心から「好きだよ」と繰り返す。

「……ありがとう。私も、あなたが好き。自信がなくて、ごめんなさい。まだ少し時間が掛かるけど……私、あなたにふさわしい人になりたい。必ず、自分を好きになるから」

　肩を震わせ、涙声で訥々と語る彼女に、苦しくなるほどの切なさが込み上げた。

地元の人間や石山に対する怒りもある。だが、それ以上に、彼女がたった一人でいろんなことに黙って耐えてきたこと。深く傷つきながらも、どうにかよくしようと、少しでもましな自分であろうと、懸命に足掻き続けていることに、鋭く心を抉られたのだ。

静かな決意がゆっくりと固まっていく。それは、この先どんな驚天動地の事態が起きようが揺らがない、絶対的に強固なものだった。

他の誰でもない。

僕が、彼女を守るのだ。

「織江。結婚しよう。僕と一緒になろう。僕がずっと傍にいて、君を守るから」

「……デブで貧乏で田舎者でもいいの？」

こちらをのぞき込む顔は、垂れた鼻水が横に広がり、大変なことになっている。

きょとんとした瞳に、思わず噴き出しそうになり、どうにか笑いを噛み殺した。

「もちろん、デブも貧乏も田舎者もなんでも来い。もし君がまた太ったら、僕が献立を考え、一緒にジムでトレーニングしてやるから。二人一緒ならなんでもできて楽しいぞ。君はよくやったよ。よくぞここまで生き延びた。生きてるって素晴らしいじゃないか！」

心から全力で励ますと、彼女はうれしそうに、にっこりと微笑んだ。

まるで大輪の花が咲いたようだ。実に可愛らしいなと思い、釣られて微笑んでしまう。

やっぱり、彼女は笑ってるのがいい。鼻水がついていたっていい。太ってたって大好きだ。

最高じゃないか。僕まで幸せな気持ちになれる。

「愛してるよ、織江。僕と結婚しよう」

すると、彼女はすごく幸せそうにうなずいた。

それから、二人で甘々な時間を過ごし、疲れきった織江を寝かしつけたあと、合鍵を手に階段を下りるとき、成親の胸の内に抑えていた怒りがふつふつと湧いてくる。

これから、石山を一発殴りに行こうかと本気で考え、待てよ、と踏みとどまった。よくよく考えたら、もうすでに石山は一発殴られているのだ。織江の鉄拳によって……。

成親が手を貸すまでもなく、彼女は彼女なりの解決を図っていた。ちゃんと独りで。

彼女の小さな拳が、石山の顔にクリーンヒットした瞬間を想像し、プッと噴き出す。

「……まったく。自力で全部やりやがって。ヒーローの出番なんてないじゃないか」

不謹慎だが、込み上げる笑いを堪えられない。さぞかし石山はびっくり仰天したことだろう。清々しい気持ちで、明日、一緒に石山に謝りに行こうと思った。

彼女がその拳で道徳をぶん殴り、社会を敵に回すなら、自分の役割は、そんな彼女をできるだけ社会に馴染ませ、調和させることだ。彼女が少しでもまっすぐ歩けるように。持ちうる限りのスキルと人脈と肩書きを、フルに使って……。

退屈を絵に描いたような自分にも、役に立てることがある。これまで、つまらないながらも我慢して、地道に経験を積んできてよかったんだと、初めて思えた。

あちこち壁にぶつかりつつ、危なっかしく進む彼女の後ろを、ハラハラしながらついていき、自分の最大の持ち味である生真面目さを生かし、全力で彼女を守ろう。

そんな風に、この先の僕の人生が続いていくのだとしたら……。

それは、とても素敵なことのように思えた。

立ちどまって見上げると、この界隈は高層ビルが少なく、墨を湛えたような夜空が広がっている。

まんまるい銀色の月が、この世界を柔らかく照らしていた。

翌日、朝礼と称し、ナラシスの社員たちはワークエリアに集められた。

そこで、常務取締役及び各部の部長たちより、社員の石山が怪我をした件について訓示を賜り、「今一度、一人一人がしっかり倫理観を見直すように」と注意を受けたのだ。

どれだけ怒られるかとビクビクしていた織江だったが、意外にもナラシス上層部は温情を施してくれ、結論から言えば、喧嘩両成敗で双方が顚末書を提出する流れとなった。

石山本人が大事にしたくないと望んだのもある。

あとは、もしかしたら、成親がうまく立ち回ってくれたのかもしれない。

それでも、開発チームは連帯責任となり、メンバー全員が倫理観についての作文と、トラブル発生時の通報や報告の手順書を作成し、提出しなければならなくなった。

「ったく、このクソ忙しいのに。ふざけんなよ。誰のせいだよ？」

普段は姿が見えない癖に、こういうときだけはしっかりデスクにいる開発リーダーのぼやきはごもっともで、織江は開発室で縮こまり、針のむしろだ。

昼休みになり、申し訳なさでいっぱいだった織江は、外に行こうとしていた王皓を呼びとめ、土下座する勢いで謝罪した。

「ほんっとにごめん、王ちゃん！　超忙しいのに余計な仕事を増やしてしまい、本当に申し訳ございませんでした。粗野で乱暴な自分に反省がとまらず……ごめんなさい」

すると、王皓はメガネ越しの瞳をキラキラさせ、声を潜める。

「全然イイよ。それより、よくやったね！　わし、あの人に外国人の癖にって意地悪されてて、ずっとムカついてた。持田さんが殴った瞬間見て、スカッとしたよ！」

予想外の王皓の反応に、織江は「えっ？」と驚く。

王皓は人差し指を一本立てて、今のナイショだよ、とばかりに唇に当てた。

オチャメな王皓の悪戯っぽい笑顔に、織江も釣られてふっと相好を崩す。

張り詰めていた緊張の糸が切れ、胸の内にじんわり温かいものが広がった。

……あっ、そうだ。これだよなぁ……こういう瞬間だよね……。

ほんの少し涙腺が熱くなるのを感じながら、織江はしみじみ思う。こういうときだ。このひどい世界を生きている中で、自分が唯一、人間を好きになれる瞬間は。

ナラシスで働いていると、大変なことばかりだった。部長はうるさいし、SEやコンサルは冷淡だし、楢浜重工の人には見下され、膨大な仕事を押しつけ合いながら、永遠に完成しないシステムを作り続けている。

そこに華やかさは微塵もなく、地道な調査と確認の積み重ねで、終わらないタスクにひたすら追われ、障害が起きれば顔面蒼白になり、なんのためなのか、誰のためなのか見失いながら、どうにか生き延びるこの毎日が、報われることはないのかもしれない。

けど、心がふと和む瞬間がある。イライラギスギスしてばかりのタテマエの下に、温かく血の通ったその人の本音が、ほんの少し垣間見える瞬間が。

そんな瞬間がなによりも大切だと思う。そういうときだけ、もしかしたらこの先も、人を好きになれるかもしれない。あと少しだけ、やっていけるかもしれないと思えるのだ。

誰かとやむなく敵対することもあるし、仕事で関わる内に騙されたり冷たくされたり、こいつ許せないぞと思うことのほうが正直、多い。

けど、皆、どこか優しいところがあった。

そして私は、やっぱり好きなんだと思う。

終わらない軋轢(あつれき)に打ちのめされ、なんとかタテマエを死守しながら、日々を懸命に頑張り、歯を食いしばって生きている皆のことが。

「いつもありがとうね、王ちゃん」

そう声を掛けると、王皓はグッと親指を立ててにっこりした。

そうして、やがてナラシスは通常業務に戻っていく。どんな事件が起きても、誰が来て誰が去っても、企業というのは体裁を保ち、どこまでも粛々と回っていくのだ。

織江は、「もう無理だ、辞めてやる」と「なんとかなる、あと少し行ける」の間を振り子のように行ったり来たりしつつ、たまにサボったり、たまに一生懸命やったりしながら、日々の仕事をこなしていった。

そして、プライベートでは成親とともに結婚に向けて準備を始めた。

結婚準備アプリをインストールし、教会や式場を探したり、お互いの実家に行く段取りを組んだり、新居をどうするか考えたり、忙しいながらも楽しく、時間は飛ぶように過ぎていく。

実家の両親と成親は、オンラインでの対面を済ませた。予想以上に話は盛り上がり、ダメダメだと思っていた両親は、ことのほかちゃんと親らしい対応をしてくれた。

両親は成親との結婚にもろ手を上げて賛成し、来訪を楽しみに待ってくれている。

決して賢くも裕福でもない両親だけど、娘の結婚をありのまま祝福してくれる気持ちが伝わってきて、織江は素直にうれしかった。

石山は転職先が決まったそうで、十月末付けで楢浜重工を退職することに決まった。業界では名の知れた大手コンサルファームだそうで、退職間際の石山は以前に比べると、少し晴れやかな顔になったように見えた。


「これでよかったんじゃないかな。合わないところに無理して居ても、辛いだけだし」

織江はつぶやき、うつ伏せに裸体を横たえ、まぶたを閉じる。

さっきまで愛し合っていたおかげで、四肢は心地よい倦怠感に包まれていた。

「そうだな。もし石山があのままなら、他社に行ってもキツいと思うが、諭したところで伝わらないだろう」

肘をついて横向きに寝そべった成親はそう言って、労わるように織江の背中から腰を撫でてくれる。

乾いた手のひらが素肌を滑るたび、くすぐったいようなうれしさを感じた。

今日は金曜日。二人は残業したあと、成親のマンションで落ち合った。織江用にと、マンションのカードキーを渡されているから、出入りは自由にできる。

土曜日はウェディングプランナーと打ち合わせがあり、日曜日はひさしぶりに二人きりでのんびりする予定だった。

疲れている織江を思い遣ってくれたのか、今夜の成親はまるで癒すように抱きしめてくれた。絶妙な指戯で織江を絶頂へ導き、欲しいタイミングで力強く貫いてくれ、たくましい胸に抱かれて優しく穿たれながら、これが深く愛されるってことなんだと実感できた。

「変な話、石山は身をもって経験し、失敗していくのが近道かもしれない。別に意地悪で言ってるんじゃなく、本当に失敗のほうがいい経験になるんだ。それに、根はいい奴だし、いつかきっと失敗を糧に成長して、一角(ひとかど)の男になれるよ」

成親の言葉に温かみが感じられ、織江は思わず笑みが漏れた。

「さすが長男。私、そういう成親さんの、誰のことも見捨てないところ、すごく好き」

「また面倒見がいいって？　石山は腐っても僕の直属の部下だったんだ。ずっと忘れないよ。それより、君は大丈夫なの？　その……奴にいろいろ言われたわけだが」

「やー……一発殴ってるから、申し訳なさはあるけど、恨みとかは全然ないよ。あれから結局、石山くんとはうまく話せなかったけど、それも仕方ないかなって……」

少し寂しい気もした。以前は笑いながら愚痴を言い合える、気さくな関係だったたから。

「それでいいよ。深追いも仲直りもする必要もないだろ。それに僕は、奴には少し感謝してるんだ。奴のおかげで、君ともっと深い仲になれたんだから」

そうだよね、とつくづく思う。

ネガティブな事件が幸せのきっかけになるということが、大いにあり得るのだ。

石山のことを許すとか許さないとか、ジャッジをする立場に自分はないと思う。なぜなら、石山の気持ちが痛いほどわかるから。ほんのちょっとしたきっかけさえあれば、自分はいつでも石山のようになってしまうだろうと、知っていた。

東京に来る前は毎日のように、妬ましい、許せない……という昏い感情に塗りつぶされていた。美人で能力があって、キラキラしたまぶしい人たちを、心の中で何度、「こんな奴嫌いだ」「死ねばいいのに」と呪ったことか。

そんなことを続けても、自分自身の現状は変わらないと、重々承知していたのに。本当に危なかったのだ。下手したら誰かのことを、取り返しのつかないほど傷つけていたかもしれない。

そんな昏くて狭いところから、どうにかして抜け出したいともがいてきた。仕事を頑張ったり、ダイエットをしたり、オシャレに気を配ったりしてきたけど、やはり、決定的に自分を変えてくれたのは……。

「成親さんのおかげかも。私、ここに来てようやく、自分のこと少しだけ好きになれた気がする。相変わらずポンコツだし、忘れっぽいし、マヌケだし、大層なことはなんにもできないけど、だからこそ、私なりに一生懸命、成親さんのこと……」

愛したいなって思ってるの。

ストレートにそう言うのは恥ずかしく、ゴニョゴニョ口ごもっていると、彼はこちらの気持ちを察してくれたらしい。ふんわりと柔らかく微笑み、ヨシヨシと優しく頭を撫でてくれた。

「織江はよく頑張ってるよ。今のままでいいんだ。僕にとっては、誰よりもなによりも織江が一番可愛い。大丈夫。もう嫌だ勘弁してって悲鳴を上げるぐらい、僕が愛しまくって、大切にするから。君のことが……愛おしくて堪らない」

目を細めた彼の眼差しは存外に真剣で、我知らずドキドキしてしまう。

ああ、ほんとに成親さんでよかったなぁ……。大人だし、優しいし、純粋だし……。

心が温かくなり、体の隅々まで満ち足りて、生涯で今が最高だと思えた。

彼に甘やかされ、子猫みたくゴロゴロしながら、素敵な巡りあわせをくれた神に感謝したいし、世界中の人々に御礼を言って回りたいぐらいだ。

「結婚したら、子供はたくさん作ろう。幸い、楢浜重工は子持ち世帯に優しくてさ、育休・産休制度も福利厚生も超充実してるんだ。これまで会社のために必死で頑張ってきたんだからさ、今度は自分や家族の幸せのために、会社を利用するつもりだ」

そこで彼は、はにかんだように微笑み、こう続けた。

「これから君と一緒に過ごす日々が、すごく楽しみなんだ。とんでもなく面白いことが起きるような気がしてさ。だから、今以上に仕事も頑張りたいと思ってる」

「私も楽しみだし、うれしいな。ナラシスは底辺らしいから、成親さんにとっては役不足かもしれないけど……」

　すると、彼は「なんだって？」とびっくりしたように眉を上げた。

「ナラシスが底辺だって？　そんな話、誰から聞いたんだ？」

「えっ？　だって、前に石山くんが、ナラシスは底辺の子会社だから、楢浜重工から出向している社員たちは皆、やる気がないって……」

　彼は「また、あいつか……」と渋面を作っている。

「僕はそんな風に思ったことは一度もない。そもそも、すべての部門がしっかり機能しないと、企業というのは回らないものじゃないか」

「けど、成親さんも以前、あっという間に僻地へ追放だとか、言ってませんでした？」

「それは、ナラシスのことじゃない！　僕の知ってるとある役職者が、人事権を濫用して好き勝手やっていたことがあったんだ。気に入らない部下を、まったくの門外である部門に異動させてさ。それがお咎めナシになって、腹に据えかねていたんだ。ナラシスが僻地だなんて、一言も言ってない」

「あ、そういうことなんだぁ……」

「仮に底辺だと思っている奴がいたとしてもだ、自分のやっている仕事を、重要だと尊ぶか、くだらんと踏みにじるかは、その人次第だろう？　周りの評価なんて関係ないはずだ。石山は、そういうところが弱い奴だった」

「たしかに。石山くんの気持ちもわからないでもないけど、成親さんの考えかたのほうが好きかなぁ……」

「ナラシスを辞めても続けても、どちらでもいいよ。君がしたいようにすればいい。できれば、僕との幸せを考えてくれたら、ありがたいが……」

「うん、もちろん。一番に考えてるよ。底辺だろうが僻地だろうが、どうでもいいかも」

そうだ。せっかくナラシスに入社して、身も心も削り続けてきたんだから、今度は自分自身が思いっきり幸せにならなくちゃ。

大好きな成親さんにそっくりなベイビーに囲まれ、とびきりの笑顔で毎日過ごしたい。

ボーッと言いなりになっていたら、「休むな仕事しろ」という周囲からの圧力に、簡単に潰されてしまう。

成親のためにも、自分のためにも、確固たる意志を持って、周囲を敵に回してでも、この手で幸せを摑み取るのだ。

なぜかふつふつと力が湧いてきて、成親に向かって拳を突き出していた。

「私、絶対に幸せになってやりますから！」

突然の決意表明に、彼は目尻に皺を寄せ、「君らしいね」と楽しそうに笑った。

釣られて彼と笑い合いながら、しみじみ思う。

私、成親さんのこういうところ、ほんとに好きだな……。

なにも語らなくても、織江の考えていることも、どういう思いで発した言葉なのかも、深く理解してくれているところが。

わかってくれて、信じてくれているから、安心してすべてを委ねられる。

きっと、彼のほうがもっとハードで、非常に理不尽な苦境を越えてきたに違いない。けど、それにへこたれることも腐ることもなく、楢浜重工とナラシスとその従業員たちのため、なにより成親自身のために、うまくバランスを取ろうとしながら、彼の信じる道をひたむきに進んでいた。

すごく大変なはずなのに、やっぱり優しいのだ。周りの人たちに向ける、眼差しが。

そういうところがとても格好いいし、素晴らしいなぁ、と憧れてもいた。

自分もいつか、そんな素敵な彼に釣り合う、しなやかな女性になりたい。

うっとりと彼の美貌に見惚れていると、優しく抱き上げられ、バスルームに運ばれた。

全面大理石張りの、新しく、豪華なバスルームだ。ピカピカのバスタブは大きく、ジェットバスをはじめとする最新機器が完備されている。ここでリラックスしていると、自分がスペシャルな人間になれた気がして、この空間が好きだった。

いつの間にか、バスタブに熱いお湯が張られ、二人して仲良くそこに入る。

織江は彼の厚い胸板にゆったりと背中を預けて後ろから抱きしめられながら、ぬくぬくした安心感に包まれた。

それから、凝った両肩を彼に揉んでもらい、心地よさにぼんやりしていると、うなじにそっとキスされる。彼の手は次第に下がっていき、お湯の中で密かな愛撫が始まった。

くすぐったさにクスクス笑いつつ、時折紡がれる淫らな旋律に、体は反応してしまう。

のぼせそうになる前に、屈強な両腕に抱え上げられ、マットの上に降ろされた。

彼の大きな手はソープを泡立て、火照った織江の体を洗い始める。

「……あっ、やっ……。ちょ、ちょっと……」

洗っているはずなのに、指先が時折、敏感なところを掠める。

どうやら彼は確信犯であるらしく、美しい口角を上げつつ、緻密な指の動きを休ませず、否が応でも淫靡な気分が高まった。

恥ずかしいけど、すごく気持ちよくて、なんだか幸せな気分……。

「さあ、立ち上がって」

彼にそう命じられ、泡まみれのまま立ち上がった。

シャワーで体を流されたあと、彼に後ろから抱きすくめられ、ドキリとする。

「えっ？　あっ……」

背中に滑らかな筋肉の凹凸を感じ、内腿にたぎる熱塊が押しつけられた。

……あ……。さっき、したばかりなのに、もうこんなに……。

彼の大きな手が愛でるように素肌を撫で、自分がこうして何度も彼をみなぎらせる事実に、こそばゆいような優越感を覚える。

先ほどの寝室での交わりのおかげで、織江の中にはまだ成親の放った残滓があった。

「君のお母様にも、孫はたくさん欲しいから頑張れって言われたし」

「うん。私もたくさん欲しいけど……」

このままだとあっという間にできそう、という言葉は、小さな吐息に変わる。

後ろから回ってきた手が、腿の間に忍び込む。馴染みのある長い指が、いとも簡単に蜜口を探し当て、ぬるりと内部へ挿入ってきた。

「あうっ……」

とろり、と内腿をぬるい液が伝う。膣内に湛えられた二人の和合液が溢れ出たのだ。

「……もう、準備はいいみたいだ」

筋肉質な彼の腿が割り入ってきて、両脚を開かされた。腰骨を柔らかく掴まれ、自然と上体が前傾姿勢になり、あっという間に挿入しやすいポーズを取らされる。

真面目な癖にこういうところが手馴れていて、憎たらしいけど結構好きだった。

丸い先端が蜜口に触れ、あっと思うや否や。

猛りきった熱塊が、じわ……と肉の隘路を押し広げ、息がとまった。

あ……ん……くっ……。なまだと……すぐに……ああ……。

ひりひりする鋭敏な媚肉に、生のままの槍身をじわじわと挿し入れられ、筆舌に尽くしがたい刺激が、背骨をピリッと駆け抜ける。

胸の頂の蕾が硬く尖り、ガクガクと膝が慄き、やむなく浴室の壁に両手をついた。

「……っ！」

やがて、それは根元まで深々とねじ込まれ、蜜壺はキツく膨張しきる。

最奥にある、柔らかいところを穿たれ、膝を震わせながら密かに達してしまった。

「……んんっ……」

唇をギュッと引き結んでも、うめき声が漏れてしまう。

「……大丈夫か？　だいぶ敏感になってるね」

声は聞き惚れるほど紳士的なのに、その両手は乳房をぎゅっと鷲摑み、ピンと勃った蕾をいやらしく摘まんでいる……。

ああ……成親さんの……。あったかくて、膣内でドクドクしてる……。

去りきらぬ絶頂の余韻に酔いしれつつ、内部で脈打つ彼自身が愛おしく感じられた。

二人を隔てるものはなにもなく、とろけた媚肉は彼自身の凹凸をしっかりと捉え、生の粘膜と粘膜が濃厚に絡み合い、彼は吐息ともあえぎともつかぬ声を漏らした。

「ああ……。織江、すごくイイ……。可愛くて、大好きだ……」

彼の腰がゆっくりと……しかし、徐々に力強く……前後に運動しはじめた。

「あっ、あっ、あぁっ、ちょっ、待って、イッ……」

イッたばかりなのに……。

という声は、前後の大きな振動に掻き消される。

彼は織江の腰骨をしっかりと摑み、腿の筋肉を引き締め、本格的に腰を振りはじめた。

媚肉に包まれた剝き出しの熱槍が、勢いよく前へ後ろへ滑り抜ける。

あっ、あっ、あぁっ、きっ、気持ちイイっ……。と、とろけちゃうっ……。

細切れになる、乱れた息遣い。

パンッ、パンッ、という打擲音が浴室に満ちた湯気を震わせ、ひどく猥褻な気分が強まっていく……。

「……あっ、あぁっ、くっ、織江……好きだっ……」

上ずった彼の声に、いやらしい喜悦が混ざっているのがわかった。

おぼろげな視界は激しく揺れ、張り詰めた二つの乳房も、ゆさゆさと揺らされる。

ふと見ると、鏡に映る彼の腰の筋肉は隆起し、怒濤の如く前後に躍動していた。

つるりとした白い尻の割れ目から、朱色に充血した熱槍が、ずるりっ、と引き出されるのが見え、いけないことをしているような心地になる。

けど、堪らなく気持ちよかった。穿たれるたび、彼への愛おしさが高まって……。

びちゃっ、と白蜜が掻き出され、飛沫が浴室の床に散った。

お尻から背筋へ、ゾクリッと痺れが走り、鳥肌が立つ。

んっ、あっ、すっ、すごいっ、激しくっ、てっ、またっ……！

とろけるような快感に鞭打たれ、股間になにかが張り詰め、せり上がっていく。

刻まれる律動に合わせ、お尻が弾むのを感じながら、「もう、ダメッ」と声を上げる。

剝き身の熱槍が、火花を散らして滑り込んできて、深奥を鋭く抉った。

ズゥン、という衝撃が腰の内に響き渡り、張り詰めたものが、弾ける。

あぁん……。もう……このまま、死んじゃいそうっ……。

ぴたりと尻に密着していた、彼の腰が戦慄いた。

膣奥のほうで、熱いものが勢いよく噴き出すのを感じる。

とっさにまぶたを閉じ、深く息を吸い込んだ。

「……織江っ……」

セクシーなあえぎ声が、鼓膜を愛撫する。

膣内(なか)でそれはドクンドクンと脈打ち、まるで呼吸するように、熱い精を注ぎ続けた。

お腹の奥で、自分の蜜と彼の精がとろりと溶け合っていく感じが、心地よい。

内側がだんだんと温かく満ちていくのは、夜の海の満ち潮みたいに静かだった。

「……織江、愛してるよ」

そうささやかれ、ぎゅうっと抱きしめられる。

長かったけど、ようやく幸せになれたんだなぁ……と、心から実感した。

彼からの惜しみない慈しみと目いっぱいの愛情を、スコールみたいに注がれ、小さく芽吹いた植物になったみたいだ。

こんなに愛され、満たされているなら、すべてを許せるし、誰にだって優しくなれる。

忘れたい過去も、嫌な言葉も、醜い自分も、今なら笑顔で受け入れられる気がした。

「……私も。成親さんのこと、愛してる」

自分の中で彼がだんだん力を失っていくのを感じるのは、とても素敵なひと時だった。

「……ありがとう。成親さん」

そんな感謝が自然に口をつく。ありがとう、私を丸ごと愛してくれて……。

体に回されたたくましい腕にそっと触れ、幸せな気持ちでまぶたを閉じる。

この幸せを私が守っていくんだ、と織江は決意を新たにした。

エピローグ

『いやー、まさかさー……あの山之前さんが織江の鬼上司で、しかも二人は付き合っていて、今や結婚相手だなんてさ、もう驚いたとかいうレベルじゃないよね。空前絶後の驚天動地よ。人生でここまでびっくりするのは、たぶん最初で最後だわ』

すっぴんにヘアバンド、さらに萌え袖パジャマ姿の佐奈は、モニターの向こうでしみじみとうなずく。

またしても織江は、佐奈とオンライン呑み会を開催中だった。

「だから、ごめんねって。あのときは本っ当に険悪な仲だったから、もしカミングアウトしてたら、場の空気がとんでもないことになってたから。一応、私も成親さんも、佐奈と唐橋さんがうまくいくよう、気を遣ってたんだよ。許してくれよ」

『まー、それは許す！　おかげで私も浩太郎と付き合えたわけだし。でも、このまま行くと、織江のほうが結婚早いかもね？　もう式場決まったんでしょ？」

「うんうん。今、ウェディングプランナーの人と打ち合わせ中なの。いろいろ決めなきゃいけないことが多くてさ。日程は候補を二つに絞ったから、決まったら教えるね」

『ぜひ、教えてね！　……あれ？　うわ。ちょっと、織江……！』

急に深刻な声を上げた佐奈は、じっとモニターをのぞき込んでくる。

「なに？　いきなりどうしたの？」

織江が訝しむと、佐奈は怖いほどの真顔でこう聞いた。

『織江、なんか……めっちゃ綺麗になってない？』

「ええ？　そう？　別にいつも通りだけどな」

なんだかどこかで聞いたことのあるセリフだ。

『織江、絶対綺麗になってるって！　あ、もしかしてエフェクト掛けてる？』

「だから、掛けてないってば！　これ、時空が歪んでタイムリープしてるって！」

織江がそう言うと、二人ははしゃいだ気持ちで大笑いした。

ひとしきり笑ったあと、ふと思い出したように佐奈が言う。

『けど、私、全然気づかなかったなぁ。織江がそんなに悩んでたなんて。高校のとき、織江っていつも女子のグループの中心にいたじゃない？　私、テニス部の子しか友達いなかったから、織江はどこに行っても友達いっぱいで、人気者で楽しそうで羨ましいなってずっと思ってたよ』

「佐奈からはそんな風に見えてたんだ……。そんなに楽しくなかったよ。楽しい笑いと、怖い嘲笑の、微妙なラインって言えばいいのかな。私はすごく嫌だったな。もう、地元の子には会いたくないって思うぐらいには」

今、この話を冷静に佐奈にできる自分は、少し成長したかもしれない。以前は口にするだけで、心が砕けるような感覚に襲われていたから。

「佐奈は昔から私のこと、大切にしてくれてたね。佐奈からは一度も呼ばれたことない」

『当たり前だよ。そんな風に呼ぶの、失礼だなって思ってたし。学校って同調圧力強めだから、笑って合わせておかないと、生きづらくなるよね。けど、よかったんじゃない？　織江なりのやりかたで乗りきってさ、東京に出てきて、今はこんなに素敵になったんだもん。私は織江とこういう話ができてうれしいよ』

佐奈はつるつるした顔で、うれしそうにニコニコしている。

『うん。私、すごく臆病で弱かったから、本当は怖いな嫌だなってずっと思ってたのに、どうしても強く言えなかった。大丈夫だってイキがって、皆に合わせて無理してたの。いつか、地元の子に会える機会があったら、本当はすごく怖かったんだ、って言えるかな』

すると、佐奈はちょっと顔をしかめ、首を傾げる仕草をした。

『うーん、そこまで深い話はね、彼女たちにはわからないかも。けど、今の織江ならどこに行ってもきっと大丈夫だよ。それに私、もちブタ織江ちゃんも、結構好きだったよ』

好きだった、という優しい言葉に、不覚にもジワッと涙腺が熱くなる。

『織江と今も続いてて、私の二十代は本当に楽しいし、よかったよ。織江はさっぱりしてるから、やっぱり合うな～って思うしね。あと、織江が怖いと感じるもの、私も同じように怖いと思うし。その辺の感覚が似てるから、友達でいられるんだと思うよ！ これからもよろしくね、山之前織江さん』

「やだー、ちょっと、恥ずかしいからその呼びかたやめてよ！」

文句を言いながらも、織江は満更でもない気持ちだった。

『これから、結婚式とか新居とかの準備で大忙しだね！ 成親さんと、楽しんでね♪』

「うんうん！ こういう前向きな忙しさなら、いくらでも無限大にこなせそう！」

佐奈とくだらない話をして笑いながら、ほんわかした幸せを味わった。

傷つけられたり傷つけたり、いろいろあるけど、そんなに捨てたもんじゃないと思う。

こういうかけがえのない一瞬を、これからも大切にして生きていきたい。

自分の人生に関わりの深い、一番傍にいてくれる家族や友人を、精一杯愛したいのだ。

これからは、成親さんと二人で、もっともっと家族を増やしていけたらいいなぁ……。

織江は缶チューハイを呑みながら、ほろ酔い気分でそんなことを願う。

親友とこれからの夢を語り合いながら、秋の宵は賑やかに更けていった。

あとがき

こんにちは。はじめましてのかたは、はじめまして。吉桜美貴（よしざくらみき）と申します。

本作をお手に取ってくださった読者さま、本当にありがとうございます！

一冊目のアンソロを含めると、オパール文庫では三冊目の刊行となりました。

プランタン出版さんはきっと、前作で私の作風に懲りてしまい、次はないかもしれないなぁ……と思っていたので、とてもうれしいです！

刊行するに当たり、力を尽くしてくださった担当さん、ｃｏｍｕｒａ（こむら）先生をはじめ、編集部の皆さま、校正してくださった皆さま、デザイナーさま、書店の皆さま、本作に携わったすべての皆さまへ、心より御礼申し上げます。

締め切り間際になり、どうにか執筆に専念できたのは、家族の協力あってのことです。なかなか面と向かって御礼が言えませんが、いつもありがとう。

さて、あとがきです。なにを書こうかなぁ？　あれこれ考えました。まず、皆さまへ感謝の言葉は絶対入れたい。さらに書くなら、なるべく作品のイメージは損なわず、読んで楽しい気持ちになり、誰のことも傷つけない、ハッピー&ラブ&ピースフルな文を書きたい……と思ったんですが、いや〜難しい……。

ハードルばかり上がり、あとがきの締め切りが迫り来る、という本末転倒状態に。笑物語というのは完全なるフィクションですが、あとがきはフィクションではなく、ちょうど架空と現実の中間に位置する感じですよね。なにを書いてもいい自由がありますが、なにを書いていいかわからない不安がある。まさに、自由と不安という名のバンズに挟まれた、ハンバーガーの具のような存在……それが、あとがき。

たとえば、小説を書き始めた理由とか、きっかけとか、それまでに自分の身に起きたこととか、どうしても伝えたいこととか、お話ししたいことはそれこそ無数にあるんです。けど、なぜかそれを伝えようとすると、あまりの膨大さに口が止まってしまうと言うか……。伝えようとすると同時に、たぶん正確には伝わらないとわかって、息を吸い込んだまま想いだけが空気中に溶け出し、誰にも知られることなく煙みたいに消失していく……そんなイメージです。伝えたい内容はたぶん簡単なのに、伝えかたがわからない。

いつももどかしい想いを抱え、もう少しなんとかならんのか、と悩むことが多いです。だからこそ、書いているのかもしれないです。私にとっては、エロもティーンズラブもラノベもオパール文庫も投稿サイトも、すべてがとても大切な存在です。なにせ、私に活動の場をくれましたし、そこから世界が広がっていくのは素晴らしかったので！

なので、今後も人がたくさん集まって、ますます盛り上がっていきますように。

それでは、またお目にかかれる日を楽しみにしています！

二〇二一年五月　　吉桜美貴

この度は
ご一緒させていただき
ありがとうございました♡
comaru

Illustration Gallery
バーラフ
別案カバーラフ
イラストラフ

絶倫(ぜつりん)すぎます、鬼部長(おにぶちょう)！

オパール文庫をお買い上げいただき、ありがとうございます。
この作品を読んでのご意見・ご感想をお待ちしております。

ファンレターの宛先
〒102-0072　東京都千代田区飯田橋3-3-1
プランタン出版　オパール文庫編集部気付
吉桜美貴先生係／comura先生係

オパール文庫＆ティアラ文庫Webサイト『L'ecrin(レクラン)』
https://www.l-ecrin.jp/

著　者――**吉桜美貴**（よしざくら みき）
挿　絵――**comura**（こむら）
発　行――**プランタン出版**
発　売――**フランス書院**
〒102-0072　東京都千代田区飯田橋3-3-1
電話（営業）03-5226-5744
　　（編集）03-5226-5742
印　刷――誠宏印刷
製　本――若林製本工場

ISBN978-4-8296-8453-5 C0193

Opal Label オパール文庫

Op8435

好評発売中!